阿 西 莫 夫 太 空 冒 险 小 说

THE COMPLETE ADVENTURES OF LUCKY STARR

# 火星毒素

**David Starr : Space Ranger**

HUOXING DUSU

[美] 艾萨克·阿西莫夫 著

顾 备 译

接力出版社
Publishing House

桂图登字：20-2019-040



**图书在版编目（CIP）数据**

火星毒素 /（美）艾萨克·阿西莫夫著；顾备译．—南宁：接力出版社，2022.1
（阿西莫夫太空冒险小说）
ISBN 978-7-5448-6571-5

Ⅰ.①火… Ⅱ.①艾…②顾… Ⅲ.①幻想小说－美国－现代 Ⅳ.①I712.45

中国版本图书馆CIP数据核字（2021）第225217号

责任编辑：马 婕 陈 楠 文字编辑：郭 城 美术编辑：许继云 周才琳
责任校对：高 雅 责任监印：刘 冬 版权联络：金贤玲
社长：黄 俭 总编辑：白 冰
出版发行：接力出版社 社址：广西南宁市园湖南路9号 邮编：530022
电话：010-65546561（发行部） 传真：010-65545210（发行部）
http://www.jielibj.com E-mail: jieli@jielibook.com
经销：新华书店 印制：河北鹏润印刷有限公司
开本：890毫米×1240毫米 1/32 印张：6.75 字数：125千字
版次：2022年1月第1版 印次：2022年6月第4次印刷
印数：18 001—33 000 定价：39.80元

赠言

**给沃尔特·布莱德伯里**

没有他就没有这套书的创作

# 作者小传[1]

艾萨克·阿西莫夫1920年出生于苏联[2]，三年后他的父母移居美国。八岁时，他正式成为美国公民。

他在布鲁克林长大，在当地的公立学校接受教育，最终想办法进入哥伦比亚大学求学，并在克服了学校行政处的种种陈规的刁难之后，取得了一系列化学系学位证书，其中最高学历为博士。随后，他偷偷混进波士顿大学，继续攀登学术阶梯，将所有愤怒的议论抛诸脑后，直到发现自己成为生物化学系教授。

他在九岁那年邂逅了人生中第一本科幻杂志，于是在不知不觉中找到了他这一生中的真爱。十一岁，他就已经开始创作科幻小说。十八岁，他终于鼓足勇气投出一稿。嗯，被拒了。

① 这篇小传是阿西莫夫本人于1985年所作。——编者注

② 此处遵从原文Soviet Union。——编者注

经过整整四个月的痛苦和煎熬，他终于创作出第一部被出版社认可的小说。从那以后，艾萨克就再也没有回过头。

1941 年，他在二十一岁的时候创作出经典短篇科幻小说《日暮》，这使他的前途一片光明。在那之前不久，他就开始创作他的“机器人系列”；之后不久，他就开始了“基地系列”的创作。

再往后，除了不断出版作品，还有什么别的吗？截至今日[①]，他已经出版了超过 260 本书，其著作遍布杜威图书分类系统[②]的每一个主要门类，而且其写作速度迄今为止依然没有减缓的趋势。他始终朝气蓬勃，活力四射，永远令人着迷，每一年都越来越英俊潇洒。你肯定会认同这个观点，因为是他自己写了这篇短文，而他对绝对客观的忠诚是臭名昭著的。

他与精神病专家兼作家珍妮特·杰普森结了婚，而他的前一段婚姻为他留下两个孩子，他们如今住在纽约。

---

① 本篇作者小传为阿西莫夫本人所写，文中的“截至今日”“如今”“迄今为止”等表述是基于作者写作本文时的时间（1985 年）。——编者注

② 也作“杜威十进制图书分类法”，是在全球各地图书馆广泛使用的分类法，将所有学科分为 10 组，每组分配 100 个数字进行图书分类。——编者注

# 自序一

那是在1951年，双日出版社觉得，基于某个贯穿故事始终的角色，为年轻人写一本科幻小说，对我来说可能是个好主意。他们希望把故事改编成节目，放到电视上播出，这在那个年代还是相当新奇的。当时的人们还不明白，视觉与声音的结合会以可怕的速度毁掉大量的节目。那时候他们依然以为，电视仅仅是广播的延伸，而在广播中最受欢迎的节目仍将持续受欢迎数十年。

这本小说对标的广播节目是《独行侠》。在双日出版社看来，如果创造出一个戴着未来风格面具的“太空游侠”，那这个电视节目就可以无限期地持续播下去，因为不论任何演员由于任何原因退出，都可以由新演员取而代之。戴着面具，谁能分辨得出来这两个人有什么区别？

我有点不大情愿。我怀疑电视会把我写的所有东西都变成垃圾，我可不想让我的名字与此产生任何关联。双日出版社说："用笔名吧。"于是，我就照做了。刚听说康奈尔·伍尔里奇[①]故意选择了一个国家名作为自己的笔名，变成了"威廉·艾里什[②]"，我想：太好了！就这样，我的笔名变成了保罗·弗伦奇[③]。

然后，我就写了《火星毒素》。然而，在第一本书出版后不久，大家就意识到，上电视是不可能的。我一点儿也不伤心，只是继续写书。我接着写了《行星海盗》，以及《金星阴谋》。

随着时间的推移，只有一件麻烦事。不幸的是，我写完这些书的时候，恰逢天文学家们开始使用雷达、卫星和探测器作为研究行星的方法，结果发现，他们曾经自以为对行星的了解，有很大一部分需要修改。我在写这些书的时候，很自然地接受了20世纪50年代早期的天文知识，而我所设计的情节很快就被新知识的洪流所淹没了。

我无法改变那些情节，一改就等于进行全新的创作。而这些书，除了部分科学内容有些过时，依然算是相当有趣的冒险故事。因此，我所能做的就是指出哪些情节里采纳了如今看来不再正确的科学知识。

---

① 小说家，代表作有《死后》《三点钟》等。——编者注
② 艾里什（Irish），即"爱尔兰"。——编者注
③ 弗伦奇（French），即"法兰西"。——编者注

自《火星毒素》问世以来，我们已经发送探测器掠过火星，后来还将一个探测器放置在环绕火星的轨道上，甚至在1976年将探测器降落在火星地表。我们现在知道火星地表的具体细节了，一如我们看清了月球地貌。近一个世纪以来，一直有个颇为流行的观点（大多数天文学家并不认同），认为火星上有运河，还有一个强大文明的遗迹——我曾利用这个极具戏剧性的可能设计了我的剧情——可探测器表明这些都是错误的。

火星上没有运河。相反，那里存在的是陨石坑、巨大的火山和宽阔的峡谷。大气密度只有地球的百分之一，而且几乎全都是二氧化碳。温度与南极洲差不多，也没有迹象表明，在这个星球上曾经存在任何高等生命体。事实上，这里几乎没有任何生命体存在过的明显迹象。

在读《火星毒素》的时候请牢记这一点。我不希望任何读者被误导，以为我对这个星球的描述符合20世纪80年代的观念；也不希望他们以为我想象不出更好的点子，才非要假设火星上有运河。

《行星海盗》表现得还不错，因为迄今为止还没有什么关于小行星的新发现足以破坏这本书里面的任何剧情。

然而，对《金星阴谋》而言，新的天文发现把我给毁了。这本书出版后没过几年，天文学家们就发现（就连他们自己也大吃一惊），金星比他们想象中的要热得多。金星表面的温度，无论在哪里，都远远高于水的沸点，因此不存在什么金星海洋。

金星灼热的大气密度约是地球大气的九十倍，而且几乎都是二氧化碳，甚至云层中也不是普通的水，而是硫酸溶液。你根本无法想象这是一个怎样的世界，其大小与地球如此相近，在其他方面却存在如此可怕的不同。当你读《金星阴谋》时，只要记住，你所读到的是一个神话中的行星，而非现实中存在的那个。

太糟了，可这是天文学家的错。他们为什么不一开始就不弄错呢？

# 自序二

写完“阿西莫夫太空冒险小说”六部曲前三本书的时候，我已经非常厌倦保罗·弗伦奇这个笔名，讨厌到完全不忍直视。我记得有个评论家（他早已彻底被人遗忘），所有我写的书他都十分不喜欢，却在一篇评论中称赞了保罗·弗伦奇的一本书。哈哈哈，我回信告诉他，保罗·弗伦奇就是艾萨克·阿西莫夫。

随后，那些发现保罗·弗伦奇就是艾萨克·阿西莫夫的人会这样说:“艾萨克·阿西莫夫是位受人尊敬的生物化学系教授，他不希望被人认出，才用笔名保罗·弗伦奇写科幻小说。”

你们不知道，这让我感到多么愤怒和沮丧。除了“阿西莫夫太空冒险小说”六部曲之外，我所有的科幻小说都是用真名署名的。我以科幻小说为傲，无意用笔名来掩盖自己在这方面的付出。

然而，这样的状况，我无法改变，或者我认为自己无法改变。于是，我又以保罗·弗伦奇这个笔名写完了剩下的三本：《水星光能》《木星实验》和《土星审判》。

但我开始拼命地在后三本小说中展现艾萨克·阿西莫夫的科幻小说风格。那时，所有人都知道我专门研究科幻神秘故事，因此我完全丢弃了“太空骑警”的痕迹，着重强调书中的神秘故事，甚至提到了众所周知只有我才会用的“机器人三定律”。

在“阿西莫夫太空冒险小说”六部曲的最后一本写完后，其他工作的压力迫使我终止了更新。最终，当平装书出版商决定推出他们自己编辑的版本时，我深吸了一口气，说：“除非把我的真名写在书上，我才同意出版。”他们确实做到了。此后，这一系列的许多版本，无论是精装还是平装，出版时都印上了“艾萨克·阿西莫夫以保罗·弗伦奇为笔名之作”。谢天谢地。

我希望自己能轻松处理六部曲中的科学“事实”。不幸的是，在这三本完全写完和出版后，随之而来的科学进步彻底改变了我们对这些行星的认知。

比如，《水星光能》的情节是基于水星始终是同一面朝向太阳这一事实而架构起来的。在长达七十五年的时间里，天文学家们也是如此认为的。然而，在1965年，也就是这本书出版后的第九年，天文学家却发现水星并非一直是同一面向着太阳。事实上，它旋转得很慢，所以每个部分都有白天和夜晚。

所以，读这本书时，请牢记这一点，并假装读的是另一个存在于20世纪50年代的水星。

其次，来说说《木星实验》吧。从1973年起，人类对木星系统进行了诸多探索。探测结果让我们知道，木星被一个巨大而强烈的磁场包围着，磁场内积聚了大量的高能带电粒子。宇宙飞船遇到这些带电粒子时，飞船上的人很难甚至不可能不被杀死。

更重要的是，我们还知悉了以前不知道的一些关于卫星的细节。例如，木卫一是个活火山星球，火山不断喷发，硫黄遍布整个星球；木卫二上覆盖着冰川，（也许）下面是个液态海洋；木星还有其他的小卫星，比木卫五离木星更近。但在20世纪50年代，这些我根本猜想不到。

相比之下，《土星审判》中的一些科学事实在一定程度上幸存了下来。但20世纪70年代末和80年代初的探测结果显示，土星环由成千上万个环构成，非常复杂。此外，土星环里还有一些小卫星，但天文学家从未在遥远的地球上看到过。如果把这些都写进书里，再描述土卫一上那个几乎摧毁了整个卫星的巨大的陨石坑是因碰撞而形成的，将会非常有趣。但那时——除非纯粹碰运气——我完全无法猜到这些科学进展。

无论如何，我相信你们会喜欢这些故事，只要体谅它们是写于20世纪50年代，基于当时的天文知识。

THE COMPLETE ADVENTURES

OF LUCKY STARR

# 目 录

# 1

# 火星梅

大卫·斯塔尔当时正盯着那个人，所以他目睹了整个事件的发生，看到了那个人的死亡全过程。

大卫一直在耐心地等亨利博士，同时，享受着国际大都市里新开餐厅的氛围。如今，他已经获得了学位，有资格成为科学理事会的正式成员，而这将是他第一次真正意义上的庆祝活动。

他并不介意等待。至尊咖啡厅新近喷涂的色光颜料仍然闪着光。柔和的光线均匀地洒落在整个餐厅，看不到明显的光源。大卫的桌子上，靠墙的那一边，有个小小的、会自己发光的立方体，里面是一个乐队的微缩 3D 复制品，放出柔和的背景音。乐队指挥的指挥棒大约有半英寸[①]长，一边舞动着，一边闪烁着。当然，桌面本身是萨尼托风格，这是现代力场的终极表现形式，除了有意造成的闪烁外，是完全不可见的。

大卫棕色的眼睛平静地扫视着其他桌子，那些桌子半掩在隔间里，这不是因为他无聊，而是因为至尊咖啡厅这里收集到的所有科学装置，都比不上人本身更能吸引他的兴趣。十年前，3D 电视和力场都还是奇迹，可现在早就被广为接受了。而另一方面，人，却并没什么改变。即使是现在，在金字塔耸立上万年之后，在第一颗原子弹爆炸五千年之后，他们仍然是无解的谜团和永不褪色的奇迹。

一个身穿漂亮长袍的少女，温柔地跟她对面那个男人一起笑着；一个中年男人，穿着不舒服的假日盛装，用力点击着机械服务员内置的绑定菜单，而他的妻子和两个孩子则一脸严肃地看着他；旁边，两个商人正兴致勃勃地聊着，桌面上放着甜点。

就在大卫的目光扫过的时候，那两个商人出事了。其中一个人脸上糊满了血，手舞足蹈地想要站起来；而另一个人则大声喊了起来，伸出一只胳膊，似乎是在求救。然而，第一个人已经瘫倒在座位上，开始往桌子下面缓缓滑落。

---

① 1 英寸约合 2.5 厘米。——本书脚注若无特殊说明，均为译者注

骚乱刚开始，大卫就站了起来，而此刻，以他的大长腿，这桌子与桌子之间的距离，不过三步就赶到了。他站在隔间里，用手指轻触 3D 立方体旁边的电子触点，一道带有荧光图案的紫色帘子随即挡住了隔间的开口，不会引起任何人的注意。很多食客都喜欢用这个装置来保护自己的隐私。

病人的同伴直到现在才回过神来，开口说：“曼宁病了，应该是癫痫。您是医生吗？”

大卫的声音平静而镇定，带着一种确信。他说：“现在，安静地坐下，别出声。我们这就叫经理过来，所有该做的都会做的。”他伸手把病人一把抱起，仿佛那人不过是个破布娃娃，其实那人身材很壮实。他把桌子往一边推到尽可能远的地方，伸手的时候，他的手指暗自张开，打开了约一英寸的力场。他把男人放在座位上，解开他衬衫上的磁力纽扣，开始做人工呼吸。

大卫对复苏的可能性不抱幻想。他很清楚这种症状：突然脸红，发不出声音，无法呼吸，再挣扎个几分钟，然后，结束。

帘子被掀开了。经理以令人钦佩的速度赶了过来，大卫在还未离开自己那张桌子的时候，就已经按下了紧急信号按钮。经理是个矮胖的男人，一身黑衣，很合身的老式剪裁，一脸心烦意乱的样子。

“是不是这里有哪位……”当他看到隔间内的情形时，整个人立刻显得有些畏缩起来。

幸存的那个客人情绪有些激动，语速惊人："我们正在吃饭，这时候，我的朋友癫痫犯了。至于那个人，我也不知道他是谁。"

大卫放弃了他徒劳的救治努力。他把浓密的棕色头发从额头上捋到一边，说道："你是经理吗？"

"我是奥利弗·加斯珀，至尊咖啡厅的经理。"那个胖男人有些不知所措地说，"第 87 号桌发来了紧急信号，可我进去的时候，隔间里空无一人。有人跟我说，一个年轻人刚刚跑进了 94 号桌的包厢，我就跟过来了，结果发现是这么个情况。"他转过身，"我去叫医生。"

大卫说："等一下，没用的，这个人死了。"

"什么？！"另一个客人喊了起来。他冲上前去，大声叫道："曼宁？！"

大卫·斯塔尔把他拉了回来，牢牢地按在那张看不见的桌面上。"放松，伙计。你帮不了他，现在可不是吵闹的时候。"

"对，对，"加斯珀立刻赞同道，"咱们可不能让其他客人不高兴。可您看，先生，医生还是必须给这个可怜的人做检查呀，这样才能确定死亡原因。我可不允许在我的餐厅里有不合常规的事情发生。"

"很抱歉，加斯珀先生，我严禁任何人在任何时间对此人进行检查。"

“你说什么？如果这个人死于心脏病……”

“拜托，我们得合作，不要做无谓的争执。您叫什么名字，先生？”

那位还活着的客人神情呆滞地说：“尤金·福勒斯特。”

“好吧，那么，福勒斯特先生，我想知道，您和您的同伴刚才到底都吃了些什么。”

“先生！”矮个子经理瞪着大卫，眼珠都快从眼眶里鼓出来了，“您是暗示，食物有问题才出事的吗？”

“我可没暗示什么，我是在提问题。”

“你没权利提问题。你是谁啊？你什么也不是。我要求医生来检查这个可怜的人。”

“加斯珀先生，这是科学理事会的事。”

大卫露出了手腕内侧，卷起一个灵便的金属套袖。一开始，那只是裸露的肌肤，没过多久，一块椭圆形的皮肤暗下来，变黑了。那里面，小小的黄色光粒跳动着，闪烁着，显现出熟悉的北斗七星和猎户星座的图案。

经理的嘴唇颤抖着。科学理事会并非官方的政府机构，但其成员几乎凌驾于政府之上。

他说：“对不起，先生。”

“不必道歉。现在，福勒斯特先生，请您回答我的第一个问题好吗？”

福勒斯特低声答道："我们点了三号套餐。"

"你们两个都是？"

"是的。"

大卫说："你们两个都没点别的菜吗？"他在自己的餐桌上研究过菜单。至尊咖啡厅以外星特供美食为特色，但三号套餐却是地球本土最普通的套餐之一：蔬菜汤、小牛排、烤土豆、豌豆、冰激凌和咖啡。

"点了。"福勒斯特眉头紧锁，"曼宁点了一道甜品，煨火星梅。"

"而你没点？"

"没。"

"哦，那现在，那些火星梅在哪里？"大卫自己也曾吃过火星梅。那是生长在巨大的火星温室里的梅子，多汁，表面光洁，味道带着一股淡淡的肉桂味。

福勒斯特说道："他把它们都吃了。还能怎样？"

"他过了多久倒下的？"

"我觉得，大概五分钟吧。我们甚至还没来得及喝完咖啡。"那人的脸色变得有些病态般的苍白，"是被下毒了吗？"

大卫没有回答。他转向经理说："火星梅是怎么回事？"

"没什么问题啊。什么事也没有。"加斯珀抓住隔间的帘子，激愤地摇晃着，同时压低声音说道，"是刚从火星运过来的，政府都检验过了，也批准了。光是在过去的三个晚上，我们就供应了数百份给顾客。直到现在，还从来没发生过这种事。”

“在我们重新检查之前，你最好把火星梅从甜品单上去掉。现在，万一不是火星梅，那就请拿个盒子给我，我们负责把晚餐剩下的东西拿回去研究。”

“好，好，马上，马上。”

“当然，不要跟任何人说。”

经理一会儿就回来了，用一块手绢不断地擦着额头。他说：“我不明白，真的不明白。”

大卫把用过的塑料盘装在盒子里，盘子上还沾着吃剩的食物残渣，加上剩下的烤肉卷，然后把盛咖啡的蜡杯重新盖上盖子，放到一边。加斯珀不再疯狂地揉搓双手，伸出一根手指想按桌边的触点。

大卫的手动作很快，经理吓了一跳，发现自己的手腕被握住了。

“可——先生，那些吃剩的渣渣！”

“这些我也要带走的。”他用折叠小刀收集每一个碎片，锋利的钢片轻松地沿着力场的虚空滑动。大卫本人很怀疑力场桌面的价值，说起绝对透明度，什么都好，就是不利于放松。看到盘子和餐具悬空放着，用餐者会情不自禁地感到紧张，因此，桌面不得不故意使力场不协调，不断闪烁，由此产生幻象，让人觉得桌面是真实存在的。

在餐馆里，力场桌面很受欢迎，因为餐后只需将力场延展不到一英寸，就能除去残留的碎屑和水渍。直到大卫完成了他的搜集工作，他才允许加斯珀实施力场延展。大卫先伸出手指轻触桌面，去除了安全锁，然后才准许加斯珀使用他的特殊钥匙。于是，一个全新的、绝对干净的桌面立刻冒了出来。

“现在，请稍等。”大卫瞥了一眼手表的金属表面，随即掀开帘子的一角。

他轻声说道：“亨利博士！”

一位瘦削的中年人如今正坐在十五分钟前大卫的那个座位上，表情略僵，诧异地环顾四周。

大卫笑了：“我在这儿！”他把一根手指放在嘴唇上。

亨利博士站起身来。他的衣服松松垮垮地挂在身上，而他稀薄的灰色头发仔细地梳了起来，遮在一块秃斑上。他说：“亲爱的大卫，你已经来了吗？我还以为你迟到了呢。不过，出什么事了吗？”

大卫的微笑只持续了片刻，他说：“又一起。”

亨利博士走进隔间，盯着死人，喃喃地说：“我的天哪！”

“就是这样。”大卫说。

“我觉得吧……”亨利博士说着，摘下眼镜，拿出清洁笔，一股柔和的力场波射到镜片上，镜片马上焕然一新，“我觉得，咱们最好还是把餐厅关了吧。”

加斯珀的嘴无声地张开又闭拢，活像一条鱼。最后，他喘着粗气说：“关门？这才开张一周。完蛋了，绝对完蛋了！”

“哦，不过，就只关一个小时左右。我们得把尸体搬走，还要检查你的厨房。毫无疑问，如果可以的话，你肯定希望我们能消除食物中毒的嫌疑，当然，让我们在用餐者面前安排这种事肯定更不合适。”

“那太好了。我来看看餐厅是否能为您空出来，但我必须请求宽限一个小时，让在场的客人吃完他们的晚餐。我希望此次事件不要对外声张。”

“绝对不会，我向你保证。”亨利博士那张布满皱纹的脸活像一张忧虑的面具，“大卫，劳驾你打个电话到市政厅好吗？告诉他们你要找康威。对这类案件我们有一整套流程，他会知道该怎么做的。”

“我必须留下来吗？”福勒斯特突然插话道，“我觉得很不舒服。”

“大卫，这位是谁？”亨利博士问道。

“跟死者一起共进晚餐的同伴，他叫福勒斯特。”

“噢。那恐怕……福勒斯特先生，您只能待在这里不舒服了。”

空荡荡的餐馆冷冰冰的，令人厌恶。沉默不语的特工来来往往。他们高效地检查了整个厨房，一小点儿一小点儿挨个检查。现在，留下来的只有亨利博士和大卫·斯塔尔。他们坐在一个空的隔间里，没有开灯，桌子上的3D电视不过是几块死气沉沉的玻璃。亨利博士摇了摇头：“我们什么也查不到的。据我以往的经验来看，肯定会这样。很抱歉，大卫，我们原本计划的庆祝会泡汤了。”

“以后有的是时间来庆祝。您在信中提到过这类食物中毒的案例，所以我是有备而来的。不过，当时我没意识到这件事属于高度机密，看起来，保密还是很有必要的。要是早知道的话，我也许会更谨慎一些。”

“哦，不，没用的。我们不可能永远掩盖这件麻烦事。慢慢地，总会走漏风声。人们看到有其他人在吃东西的时候死了，然后又听说还有其他的案例，而且总是发生在他们吃东西的时候。情况很糟，而且还会变得更糟。好吧，这件事等明天你和康威本人谈话的时候，我们再来详谈。”

“等等！”大卫凝视着老人的眼睛，“比起某个人甚至上千人的死亡，有些事让您更为担忧，某些我不知道的事情。是什么事？”

亨利博士叹了口气：“我担心，大卫，地球正处于一个极大的危机之中。大多数理事会成员并不相信这一点，就连康威也只是半信半疑，但我确信，这种所谓的食物中毒是一种狡猾而冷酷无情的试探，意在夺取对地球政府和经济生活的控制。到目前为止，大卫，还没有任何迹象表明究竟谁是幕后黑手，也并不清楚这究竟是如何实现的。科学理事会束手无策！”

2

# 空中的面包篮

科学理事会的主席赫克托·康威站在科学塔顶楼套间的窗前，这栋楼位于国际城北郊，又细又高。黄昏时分，城市正渐渐地被点亮。用不了多久，沿着高架道路就会突然显现出一条条白色的光痕。当窗户被激活时，那些建筑物就会亮起来，仿若是宝石装饰的图案熠熠发光。远处国会大厦的圆顶几乎就在他的窗户正中，与行政大楼紧紧相偎依。

他一个人待在办公室里，自动锁被调整到只接受亨利博士的指纹。他能感觉到自己越发意志消沉。大卫·斯塔尔正在路上，忽然一下子，他神奇般地长大了，准备要作为理事会成员接受第一次任命。他感觉就好像是自己的儿子要来看他。从某种意义上说，确实如此。大卫 · 斯塔尔就是他的儿子：他和奥古斯塔 · 亨利的儿子。

起先他们有三个人，他和奥古斯塔·亨利，还有劳伦斯·斯塔尔。他是多么怀念劳伦斯 · 斯塔尔啊！他们三个是一起从学校毕业的，一起获得进入理事会的资格，一起做了第一次调查；然后，劳伦斯 · 斯塔尔升职了。这是意料之中的事，迄今为止，他始终是三人中最聪明的那个。

因此，他得到了金星上的一个半永久性空间站，这是他们三人第一次没有一起做决定。他带着妻子和孩子去了。他的妻子是芭芭拉，可爱的芭芭拉 · 斯塔尔！无论亨利还是他自己，都从来没结过婚，也没有哪个女孩能比得过记忆中的芭芭拉。大卫出生时，就有了奥古斯塔叔叔和赫克托叔叔，到后来，有时候大卫会糊涂地把自己的父亲叫成是劳伦斯叔叔。

随后，在前往金星的旅途中发生了一起海盗袭击。这完全是一场大屠杀。事实上，海盗船在太空中不留俘虏，两个小时之内一百多人死亡。其中，就有劳伦斯和芭芭拉。

康威依然记得，消息传回科学塔的那一天，那一刻。巡逻舰纷纷发射进入太空，追踪着海盗；他们愤怒地袭击了海盗们位于小行星带的巢穴，这完全是前所未有的。谁也说不上来，他们到底有没有抓住那个毁了金星航船的恶棍，但海盗势力就是自那一年起被攻破的。

而巡逻舰还发现了别的东西：一艘微型救生艇在金星和地球之间危险的轨道上漂流着，不断发出冰冷的自动无线电呼救信号。里面只有一个孩子，一个惊恐万分的、孤独的四岁孩子，接连好几个小时，他一句话都不肯多说，只坚定地喊着："妈妈说我不哭。"

那就是大卫·斯塔尔。他的故事，在一个孩子的眼里，当然是一片混乱，但要解释清楚却很容易。康威依旧可以看得出来，在被摧毁的飞船内，最后那几分钟究竟发生了什么：劳伦斯·斯塔尔死在控制室里，歹徒们强行闯入；芭芭拉手持爆能枪，拼命把大卫推入救生艇，竭尽全力设置好控制装置，把救生艇发射入太空。然后呢——

她手里有把枪。只要她能够，她一定会用它来对付敌人，而当她无以为继的时候，就会把枪对准她自己。

康威只要想起这些就会心痛。心痛，于是再次沦陷，要是当年，他们允许他跟随巡逻舰该有多好，那他就可以亲自出手，把海盗在小行星带的巢穴变成一片燃烧的原子海洋，彻底灭了他们。但他们说，科学理事会的成员太宝贵了，不能冒险参与警方行动，所以他只能待在家里，在电视机的自动收录带上，收看新闻简报。

在此期间，他和奥古斯塔·亨利收养了大卫·斯塔尔，尽其所能，想要抹去大卫心中最后一刻对于太空的可怕记忆。他们既当爸又当妈，亲自监督他学习。在训练他的过程中，他们脑子里只有一个念头：使他成为曾经的劳伦斯·斯塔尔。

他超出了他们的期望。就身高而言，他赶上劳伦斯了，足有六英尺[①]高，修长而结实的身体，有着运动员般冷静的神经和敏捷的肌肉，还有一流科学家敏锐而清晰的头脑。此外，他那棕色头发如波浪般起伏着，卷发之下是一双棕色的大眼睛，他下巴正中有一道美人沟，笑起来的时候就会消失不见，而这一切都让人想起芭芭拉。

他在大学的日子里一骑绝尘，无论是在操场上，还是在教室里，都留下了一连串的火花，打破了无数纪录，把原有的纪录碾压成一片灰烬。

康威曾经很不安："古斯[②]，这不正常，他比他父亲还要出色。"

而亨利，一切尽在不言中，只是抽着他的烟斗，骄傲地微笑着。

"我不想这么说，"康威继续说道，"因为你会嘲笑我，可这里面有些东西并不正常。记住，这个孩子被困在太空整整两天，他和太阳射线之间只隔着薄薄一层救生艇外壳。在太阳黑子最活跃的时期，他离太阳可只有七千万英里[③]。"

① 1 英尺约合 0.3 米。
② 古斯是奥古斯塔的简称。——编者注
③ 1 英里约合 1.6 公里。

“你想要说的这一切，”亨利说，“无非是，大卫那时候应该会被射线烧死的。”

“呃，我不知道，”康威咕哝着，“射线对活体组织，特别是人体组织的影响依然是未解之谜。”

“嗯，那当然。在这个领域，实验法可不大行得通。”

大卫以史上最佳的成绩完成了大学学业。他设法在研究生阶段完成了生物物理学的原创性工作。他是有史以来获得科学理事会正式成员资格的人里，最年轻的那个。

在康威看来，这一切其实都是损失。四年前，他被选为主席，这本是他愿意为之献出生命的荣誉，然而，他知道，如果劳伦斯·斯塔尔还活着，推选会朝着更有价值的方向前进。

而他和年轻的大卫·斯塔尔几乎失去了联系，只偶尔有些接触，因为成为主席就意味着不再有个人生活，只剩下银河系中各种棘手的问题。甚至在毕业典礼上，他也只是远远地看到过大卫。在过去四年里，他可能只跟大卫说过四次话。

因此，当他听到开门的声音时，他的心猛烈跳动起来。他转过身，快步朝刚进门的他们迎了上去。

“老伙计古斯。”他伸出手，紧紧握住对方的手，“还有小朋友大卫！”

一个小时过去了，他们终于不再谈论他们自己，进而转向宇宙，此时，真正的夜幕降临了。

还是大卫突然提起来，他说：“今天是我第一次看到有人中毒，赫克托叔叔。我所知道的足以防止出现恐慌，但我希望能了解更多，足以防止中毒。”

康威严肃地说：“没人知道那么多。古斯，我猜想，该不会又是火星出产吧？”

“无从得知，赫克托，但此事涉及了火星梅。”亨利说。

“我想，”大卫·斯塔尔接着说道，“也许您能允许我了解任何我可以知道的东西。”

“这件事一目了然，很简单，”康威说，“简单得可怕。在过去四个月里，大约有两百人在吃了某些火星种植的产品后立即死亡。现在还不知道是什么毒，症状不符合任何已知的疾病，控制横膈膜和胸肌的神经会迅速而彻底地麻痹。这相当于肺部麻痹，五分钟内就会致命。”

“甚至还不止于此。在少数几个案例中，我们及时锁定了受害者，我们也尝试过人工呼吸，就像你所做的那样，甚至是铁肺[1]，可他们仍然在五分钟内死去，心脏也受到了影响。尸检结果显示，除了神经退变以外，什么也查不出来，而这种退变的恶化程度肯定异常迅速。”

---

① 铁肺是一种曾经广泛使用的医疗设备。无法自主呼吸的病人躺在铁肺里，内置的泵会调整铁肺内的气压，利用气压变化帮助肺部扩张，辅助呼吸，曾经是无数呼吸困难患者存活的唯一希望。——编者注

“那些害得他们中毒的食物呢？”大卫问道。

“死胡同，”康威说，“总是有足够的时间，足以使有毒的物品或有毒的部分完全被分解。餐桌上或厨房里的其他同类标本，都是无害的。我们曾经把这些标本喂给动物吃，甚至还有人类志愿者，都没事。而死者胃里的残留物，则产生了不确定性结果。”

“那你们又怎么知道是食物中毒呢？”

“因为这一切过于巧合。一次又一次，都是食用火星食物后死亡，无一例外，这就不仅仅是巧合了。”

大卫若有所思道：“显然，它不会传染。”

“嗯，不会。谢天谢地。即便如此，这也已经够糟的了。到目前为止，在行星警察的全力配合下，我们已经竭尽所能让此事不为人知。以地球上的总人口来说，四个月内两百人死亡，仍然算是可控事件，但死亡率可能还会增加。如果地球上的人们开始意识到，任何一口火星食物都有可能是他们的最后一餐，后果将是可怕的。即使我们指出，在五十亿人口中，每个月的死亡数字不过是区区五十例，每个人也都会觉得自己就会是那五十例中的一个。”

“是的，”大卫说，“而那就意味着，火星食物的进口市场价格会一跌到底。这对火星农业联合会来说，太糟糕了！”

“那个嘛……”康威耸耸肩，把农业联合会的问题抛到一边，认为无关紧要，“你就没看出点别的什么吗？”

“我看出来了，地球本身的农业根本没法养活五十亿人口。”

“没错。如果我们没有殖民星球的食物供给，只要六个星期，地球上就会出现饥荒。只要人们害怕火星食品，就没有什么可以阻止这件事的发生。我不知道还能拖多久。每一个新的死亡案例都是一次新的危机。电视新闻会不会盯住不放？现在就会真相大白吗？而所有这些都可以用古斯的理论来解释。”

亨利博士往后一靠，轻轻把烟叶塞进烟斗。“大卫，我肯定，这种食物中毒的增加绝对不是自然现象。它过于普遍了，前一天刚袭击了孟加拉国，第二天就出现在纽约，第三天是在桑给巴尔。这背后肯定有人指使。”

“我跟你说——”康威开始说。

“让他继续说啊，赫克托叔叔。”大卫催促道。

“如果有任何组织试图控制地球，还能有什么比这个更适合发起攻击的呢？在我们最薄弱的时刻——不就是当我们缺乏食物供给的时候吗？地球是银河系中人口最多的行星。理应如此吧，因为它是人类最初的家园。但从某种意义上讲，正是这个事实让我们成为最弱势的世界，因为我们无法自给自足。我们的面包篮挂在太空：火星、木卫三和木卫二。只要你削减进口，无论以哪种方式，或者是通过劫掠，或者是通过现行体系中更加精细的微系统，我们都很快就会无以为继。就这样。”

“可是，”大卫说，“如果真是这样，难道那个该为此负责的组织不会出来跟政府谈判吗？哪怕只是发最后通牒？”

“看起来是这样的，但他们可能正在等机会，等待时机成熟；又或者，他们可能会跟火星农场主直接打交道。殖民者有他们自己的想法，他们不信任地球，而且，事实上，如果他们看到自己的生计受到威胁，可能会加入这些犯罪嫌疑人的行列。甚至也许，”他深深吸了一口气说，“他们自己就是犯罪嫌疑人——但我不会指控任何人。”

“那我呢，”大卫说，“你们想让我做什么？”

“我来告诉他。”康威说，“大卫，我们想让你去月球上的中央实验室。你会成为研究小组的一员，专门调查此事。目前，他们正在接收离开火星的每一批食物的样品。我们肯定会偶然遇到一些有毒的东西。所有样品的一半会被拿来喂老鼠；如果致命，这种食物样品所剩下的部分都会被拿来，按照我们自己的方式去进行分析。”

“我明白了。而如果古斯叔叔是对的，我想你在火星上还另有一个团队吧？”

“都是非常有经验的人。但与此同时，你明天晚上能准备好出发去月球吗？”

“当然可以。可如果是这样的话，我现在可以走了吗？”

“那当然。”

“那么，我开我自己的飞船去不会有任何异议吧？”

“完全没问题。”

两位科学家独自待在房间里，低头凝视着这座城市童话般的光影，过了许久，才打破沉默。

最后，康威说道：“他可真像劳伦斯！可他还那么年轻，这很危险。”

亨利说：“你真的认为这么做会有什么用吗？”

“肯定的！”康威笑了，“你听到他最后一个关于火星的问题了。他压根儿没打算去月球。我很了解他。而这是保护他的最好的办法。官方记录上会说他去了月球；中央实验室的人会得到指示对外宣称说他到了。而等他真的抵达了火星，你所谓的那些阴谋家，如果他们真实存在的话，肯定没有理由把他当成是理事会成员。当然，他会继续隐姓埋名，因为他自以为愚弄了我们，且得忙着糊弄一阵子。”

康威又补充道：“他很聪明。也许他能做些我们其他人做不到的事。幸运的是，他还年轻，还可以被操控。再过几年，就不可能了，他会看穿我们的。”

康威的通信器轻轻振动起来。他打开通信器问道：“什么事？”

“您的私人通信，先生。”

“给我的？传送过来。”他瞪着亨利，“总不可能是你整天嘟囔的那些阴谋家。”

“打开来看看。”亨利建议说。

康威打开信封。他瞪了好一会儿，然后狂笑起来，把打开的信纸扔给亨利，然后向后倒在椅子上。

亨利捡起信，上面只有两行潦草的字迹，是这样写的：“如您所愿！去火星。”署名“大卫”。

亨利哈哈大笑：“你把他操控得很好嘛！”

而康威也忍不住跟着大笑起来。

# 3

# 来到火星农场的男人

对一个地球人来说，地球就是地球。它就是太阳系的第三颗行星，银河系的人都知道。然而，在官方的地理表述中，地球意味着更多：它包括了太阳系的所有天体。火星也是地球的一部分，而生活在火星上的男男女女也都是地球人，就跟生活在母星上的地球人一样。至少，从法律意义而言是这样的。他们投票选举泛地球联盟的代表和行星总统。

但这就是最后的结果。火星上的地球人认为自己是另一个不同的、更优秀的种族，而新来的人不过是无足轻重的普通游客，他们要想被火星农仔[①]们所接受，还有很长的路要走。

---

① 即农场劳作的男孩。——编者注

大卫·斯塔尔几乎刚一走进火星农场就业大楼就发现了这一点。一个矮个子男人紧跟在他身后走了进来。一个真的很矮的男人。他大约五英尺二英寸高，如果他俩面对面站着，对方的鼻子准会蹭到大卫的胸骨。他那一头淡红色的头发梳得笔直，一张大嘴，穿着典型的开领双排扣一体衣，还有颜色鲜艳的火星农仔高筒靴。

大卫朝窗口走去，窗口上闪烁着“农场就业”的标志。这时，他身边响起咔嗒咔嗒的脚步声，一个男高音喊道：“等一下。放慢脚步啊，伙计。”

矮个子男人正面对着他。

大卫说：“有什么需要我效劳的吗？”

矮个子仔细打量着他，一段一段地看下来，随后伸出一只胳膊，漫不经心地靠在地球人的腰际。“你是什么时候从老跳板上跳下来的[①]？”

“什么跳板？”

“对一个地球土佬来说，这待遇已经够宽松的了。你是脑子抽筋了吗？”

“我来自地球，没错。”

矮个子男人把两只手一个接一个地放下，狠狠地拍在他的

① 海盗有走跳板处死俘虏的习俗，强迫俘虏从船的跳板上跳下大海淹死。

靴子上。这是农仔彰显自我的姿态。

“那样的话，”他说，“就当作你得到了一个候补职位吧，让本地人来料理自己的生意。”

大卫说:“请便。”

“至于，到底什么时候才轮到你，如果你有异议的话，可以跟我一起去，当场提出来，或者之后也行，随便你方便的时候。我叫大块头，大块头约翰·琼斯，你可以在城里任何一个地方找我，就说找大块头就行。”他停顿了一下，又补充道，“土佬，那是我的名字。你有意见吗？”

大卫严肃地说:“没意见。”

大块头说道:“很好！”随即走向服务台。而就在他安全地转过身去之后，大卫立刻忍不住地微笑起来，坐下来开始等候。

他来火星还不满十二个小时，只来得及在城外的大型地下船库用假名登记了他的飞船，然后在一家旅馆开了个房间过夜，早上花了个把钟头在穹顶城市里走了走。

火星上只有三个这样的城市，考虑到维持巨大穹顶，以及提供类地温度与重力所需的能量，如此庞大的能量流所需的费用也是庞大的，因此，完全可以预料得到，这样的城市不会太多。这里就是温格勒德城，以第一个到达火星的人罗伯特·克拉克·温格勒德命名，也是火星上最大的城市。

它和地球上的城市没有太大的不同，几乎像是从地球上挖出来一小块放到另一个行星上的；仿佛是在三千五百万英里之外，这些住在火星上的人，不得不以某种方式想要对自己隐瞒这个事实。在城镇中心，椭圆形的穹顶足有四分之一英里高，那里甚至有二十层楼高的建筑。

这里只缺一样东西，没有太阳也没有蓝天。穹顶本身是半透明的，当太阳照到它上面的时候，光线均匀地分布在十平方英里的范围内。穹顶任何地方的光都很弱，以至于“天空”这个词，对这座城里的人而言，就意味着黯淡，一片昏黄。然而，总的影响嘛，也就相当于地球上的多云天气。

当夜幕降临时，穹顶逐渐褪色，消失在无星的黑暗中。随即街灯亮了起来，温格勒德城似乎比任何时候都更像地球。大楼里日夜都有人使用人工照明。

大卫·斯塔尔抬起头来，朝突然响起的大嗓门方向望去。

大块头依然站在办公桌前，大声喊着：“我告诉你，这就是黑名单的事。朱庇特把我列入黑名单了。”

桌子后面的那个人似乎有些慌张。他脸颊上留着参差不齐的烧伤，手指一直在抖着。他说：“我们并没有黑名单，琼斯先生……”

“我叫大块头。有什么问题吗？你是怕让人看出来，我们有交情吗？头几天你还叫我大块头来着。”

“我们没有黑名单，大块头。农场不缺人手。”

“你在说什么？就在前天，提姆·詹肯斯当场就被雇用了。”

“詹肯斯有过做火箭人的经验。”

“不管什么时候，我都能像提姆一样驾驭火箭。”

“好吧，你是下来这里做播种者的。”

“而我就擅长这个。难道他们不需要播种者吗？”

“瞧，大块头，”坐在桌子后面的人说，“我已经把你的名字写在花名册上了。我能做的就这些。如果有任何转机，我会通知你的。”他把注意力集中在他面前的记录本上，漠然地接着上一条记录认真写着。

大块头转过身去，随后回头大声喊道：“好吧，可我就坐在这里，只要收到下一个传到你这儿来的劳工申请，就送我去。如果他们不要我，我想听他们对我说，亲口对我说，你明白吗？亲口说！”

桌子后面的人沉默不语。大块头坐了下来，自言自语地嘟囔着。大卫·斯塔尔起身走近书桌。这一回，再无其他农仔进来插队了。

他说：“我想要一份工作。”

那人抬起头来，抽出一份空白的务工申请，又把手持打印机朝自己拉过去。“什么样的？”

“任何有空缺的农活儿都行。”

那人放下了手持打印机。“你是火星血统吗？”

“不，先生，我来自地球。”

“对不起，没有空缺。”

大卫说：“好吧，瞧，我能干活儿，而我需要工作。天哪，难道有禁止地球人工作的法律吗？”

“不，但没有工作经验，农场上你能做的事并不多。”

“但我还是需要一份工作。”

“城里有很多工作。隔壁窗口。”

“可我适应不了城里的工作。”

桌子后面的那个男人一脸疑问地看着大卫，大卫毫不费力地读懂了他的眼神。人类前往火星有很多原因，其中之一就是，地球已经变得太让人不自在了。当搜索逃犯的电话响起时，火星上的城市都会被彻底搜一遍（毕竟，它们还是地球的一部分），但从来没人能在火星农场上找到过一个逃犯。对农业联合会来说，最好的农仔是没有任何其他地方可去的人。他们保护这类人，并注意不让这种人落入地球当局的手中，他们对地球当局的感觉一半是憎恨，更有一大半是鄙视。

“名字？”办事员说着，目光又回到申请表上。

“迪克·威廉姆斯。”大卫回答道，一边给出了他停飞船的地下船库名。

办事员并没有要求他出示身份证明：“我到哪里可以联系

上你？”

“兰蒂斯酒店，212 室。”

“有没有任何低重力环境的经验？”

问题一个接一个，大部分空白处都只能空着。办事员叹了一口气，把空表放进卡槽，系统会把表格自动缩微，归档，然后把它添加到办公室的永久记录中。

他说：“我会通知你的。”然而，他的声音听起来希望不大。

大卫转身离开了。他并没指望在这里有什么收获，但至少他已经给自己构建了一个身份，一个还算是合法的、找农活儿的务工者。下一步嘛，他快速闪身。

三个男人走进就业办公室，那个叫“大块头”的矮个子，气冲冲地从座位上跳了起来。如今，他面对着他们，双臂从臀部两侧松松垮垮地抬起来，大卫看得出来，他没带武器。

进来的三个人停了下来，后面两个中的一个大笑着说：“看来，我们这儿有个大块头啊，强大的侏儒。也许他正找工作呢，老板。”说话的人肩膀很宽，塌鼻子贴在脸上。他嘴里叼着一根未点燃的绿色马田牌雪茄，已经快咬烂了，一脸邋遢，实在是该刮刮胡子了。

“安静，格里斯沃德。”前面那个人说道。他身材矮胖，不算太高，脸颊和后颈上的肌肤都显得光滑而柔软。他浑身上下是典型的火星打扮，那当然了，可衣服的质地明显比屋里其他农仔的要好得多。他那高及大腿的长筒靴上满是粉红色和玫瑰色的花纹。

在大卫·斯塔尔后来在火星上的所有旅行中，他从未见过两双设计相同的靴子，也没见过普通靴子。这是农仔们用于张扬个性的标志。

大块头走近那三个人，他挺起小胸脯，整张脸因愤怒而扭曲起来。他说："我要你交出我的档案，亨尼斯。我有权拿回来。"

前面那个矮胖的男人就是亨尼斯。他平静地说："大块头，你不配有任何档案。"

"没有像样的档案我就找不到别的工作。我为你干了两年活儿，所有该做的我都做了。"

"你毁掉的远比你该做的多得多。别挡道。"他迈着坚定的步伐从大块头身边走过。他走近桌子，说道："我需要一个有经验的播种者——要个好的。我要个至少高到能让人看得见的家伙，替换掉那个我不得不摆脱的小男孩。"

大块头感觉到了。"天哪，"他激动地喊道，"你说得对。我做的不只是我该做的。你是说，我在不该在的时候值班咯？我值班的时间太长了，以至于看到你在午夜驾车进沙漠。直到第二天早晨，你还对此一无所知，只不过因为我提到了这件事，结果就受到了惩罚，还拿不到相关的工作档案。"

亨尼斯回头向后望去，一脸怒气。“格里斯沃德，”他说，“把那个蠢货扔出去。”

大块头并未退缩，尽管格里斯沃德足以干掉两个他。他高声喊道：“那好，一个一个来。”

这时候，大卫·斯塔尔走了过来，他那平稳的步伐显得似乎有些慢。

格里斯沃德说：“朋友，你挡着我的道了。有些垃圾我得扔出去。”

在大卫身后，大块头大声叫道：“没关系的，土佬。放他过来啊。”

大卫没理他，他对格里斯沃德说：“这里似乎是公共场所啊，朋友。我们都有权待在这里。”

格里斯沃德说：“别吵吵了，朋友。”他粗暴地把手搭在大卫肩上，仿佛要把他推到一边。

但大卫的左手迅速上扬，抓住了格里斯沃德伸出的手腕，而他的右手则直直地击中对方另一侧肩膀。格里斯沃德转着圈向后倒退，重重地撞在将房间一分为二的塑料隔板上。

“我宁愿动嘴吵吵，朋友。”大卫说。

那个办事员大喊一声站了起来。其他办公桌边的人一溜烟地跑到隔板的开口处，但没人过来阻止。大块头哈哈大笑着拍拍大卫的背说：“对一个来自地球的人来说，你干得相当不错啊！”

在那一瞬间，亨尼斯似乎僵住了。剩下的那个农仔，身材矮小，留着络腮胡子，在火星暗弱的阳光下面待得太久了，又没在城市的人造太阳灯底下晒够，长着一张苍白面孔。他的嘴可笑地大张着，一副目瞪口呆的样子。

格里斯沃德渐渐恢复了呼吸。他摇摇头，把掉到地上的雪茄踢到一边，然后抬起头来，眼中充满了怒火。他奋力在墙上推了一把站起身来，手中闪现出一丝铁器的光芒。

但大卫走到一边，动了下手臂。那个小小的弯曲的圆筒，通常藏在他的腋下，此刻沿着他的袖子滑落，被他紧紧握在掌中。

亨尼斯喊道:“小心点，格里斯沃德。他有爆能枪！”

“扔掉你的刀。”大卫说。

格里斯沃德破口大骂，但刀哐当一声撞到地板上。大块头冲上前去捡起那把刀，一边咯咯笑着嘲弄他狼狈的样子。

大卫伸手拿过刀，飞快地瞄了一眼，就把刀收起来了。“很好，对农仔来说，算是个纯良的宝贝了。”他说，“火星上有什么法律禁止携带利刃的吗？”

他知道这是银河系中最邪恶的武器。从表面上看，它只不过是一根不锈钢短矛，只比刀柄稍厚一点儿，仍然可以很好地握在掌心。其内部则是一个微小的发动机，能够产生一个看不见的九英寸长、锋利的力场，可以穿透任何由普通物质构成的东西；而且，因为它可以像切肉一样很容易地切开骨头，它的戳刺几乎总是致命的。

亨尼斯走到他们中间。他说："你的爆能枪执照在哪儿，土佬？把它收起来，我们马上收手。退下，格里斯沃德。"

"等一下，"当亨尼斯转身离开时，大卫说，"你正在找人手，不是吗？"

亨尼斯转过身来，消遣式地扬起眉毛说："是啊，我是在找人手。"

"那好，我在找工作。"

"我在找个有经验的播种者，你够格吗？"

"呃，不够格。"

"那你收过庄稼吗？能搞定沙车吗？总而言之，从你的装束上判断，你只不过是……"他向后退了一步，似乎是为了能更好地看到全景，"是个碰巧手里有爆能枪的地球人。我不能用你。"

"甚至连那都不是。"大卫压低声音，"要是我跟你说，我是对食物中毒感兴趣呢？"

亨尼斯面不改色，甚至都不带眨眼的。他说："我不明白你的意思。"

"那就再仔细想想吧。"他淡淡地微笑着，可微笑中不带一丝幽默。

亨尼斯说："在火星农场工作可不简单。"

"我就是个不简单的人。"大卫说。

对方再次打量起他那瘦长的身躯。"嗯，也许你不是。好吧，我们给你提供食宿，先给你三套换洗衣服和一双靴子。第一年五十美元，年底付清。如果你无法完成这一年的工作，就没那五十美元了。"

"很公平。哪种工作？"

"你唯一能做的活儿呗——食堂里的普通助手。如果你学会了，你会得到晋升；如果没学会，就在那里待上一年吧。"

"成交，那大块头怎么办？"

大块头一直在旁边瞪着他们，目光从一个人身上转到另一个身上。他大声喊道："别，先生，我可不替那个沙漠臭虫干活儿，同时，我也不建议你那么做。"

大卫回头说："要是只干一小段时间呢？作为回报，你可以拿回你的证明档案。"

"那好吧，"大块头说，"或许，一个月吧。"

亨尼斯问道："他是你的朋友吗？"

大卫点点头说："没有他，我是不会去的。"

"那我把他也带走。一个月以后，他就得闭嘴了。没有薪水，除了他的证明档案。让我们离开这里吧。我的沙车在外面。"

五个人一起离开了，大卫和大块头跟在最后。

大块头说："我欠你一个人情，朋友。你可以随时来找我要。"

沙车的门开着，大卫可以看到控制板上的那些插槽，看得出，它们可以被密封起来，以抵挡火星上的尘暴。车轮很宽很大，这是为了在横越软沙时，尽量减少下沉的可能性。玻璃的面积被缩小到最低限度，即使有，也跟周围的金属紧密融合起来，就好像早已被焊在一起了。

街道相当拥挤，到处都是沙车和农仔，但没人在意这些，这是普遍现象。

亨尼斯说："我们坐前面，你和你朋友可以坐在后面，地球人。"

他一边说着，一边坐到了驾驶座上。控制装置就位于前隔板的中部，挡风玻璃则在座位正上方。而格里斯沃德就坐在亨尼斯右侧的座位上。

大块头向车尾走去，大卫跟在他身后。而在他后面，另有一个人跟了上来。正当大卫转过半个身子的时候，大块头突然大喊道："小心！"

那是亨尼斯的第二亲信，此刻，他正蹲伏在车门里，他一脸胡须，脸色苍白，大声咆哮着。大卫飞快地闪到一边，但为时已晚。

他最后一眼看到的是，那人手中那闪烁着光芒的枪口，随后，他意识到一阵很轻的说话声，模模糊糊的，听不真切。那声音几乎不带任何情感，距离遥远，那个遥远的声音说：“很好，祖吉斯。带到后面去看好。”这一句话仿佛是从幽长隧道的尽头传过来的。最后一刻，他感觉到身体向前冲了一下，随后就陷入一片完全的虚无之中。

大卫·斯塔尔瘫倒在座位上，失去了最后的生命迹象。

# 4

# 外星生命

参差不齐的光斑从大卫·斯塔尔的面前飘过。渐渐地，他开始意识到，全身都有一股强烈的刺痛感，同时背部感觉到一阵压力。背部的压力随后就有了解释，事实是，他正脸朝上躺在一块硬床垫上。他明白，刺痛是电击枪造成的后果，这种武器会释放出大量射线，作用于大脑底部的神经中枢。

光线还未连成一片，他还没完全意识到周围的环境，他能感觉到自己的肩膀在颤抖。这时，有人狠狠地在他脸颊上扇了一巴掌。灯光照入他睁开的双眼，他抬起麻木的手臂，以期挡住下一击。

大块头俯身趴在他身上，翘鼻子圆滚滚的，一张小巧的兔子脸几乎碰到他的脸颊。大块头说:“天哪！以木卫三发誓，我还以为他们把你彻底干掉了呢。”

大卫感到肘部疼痛难忍。他说:“感觉，他们几乎就要把我干掉了呢。我们这是在哪儿？”

“在农场的拘留所。在这儿想逃出去是没用的。门被锁上了，窗户都被闩上了。”他看起来很沮丧。

大卫在腋下摸索了几下。他们把他的爆能枪拿走了，当然这是意料之中的事。他说:“他们把你也电晕了吗，大块头？”

大块头摇摇头。“祖吉斯用枪托横着扫了我一下。”他带着厌恶的神情，轻轻地指着头骨的某个部分。随后，他又充满激情地吹嘘道:“可我差点弄断他的胳膊。”

门外传来脚步声。大卫坐起身来等着。亨尼斯走了进来，跟他一起进来的是个上了年纪的人，他的脸形修长，一双淡蓝色的眼睛被浓密的灰色眉毛压着，仿佛已经凝固在永恒的皱纹里了，看上去满脸疲惫。他穿着城市作战服，很像是地球上的装备。他甚至没穿火星长筒靴。

亨尼斯先跟大块头说:“到食堂去，未经允许的情况下不许乱喷，你敢喷一次就把你撕成两半。”

大块头皱着眉，向大卫挥了挥手。“我会再见到你的，地球人。”随后，他大摇大摆地走了出去，靴子一路咔嗒作响。

亨尼斯目视他离开，在他身后锁上了门。他转向那个灰色眉毛的男人说："就是这个人，马基安先生。他自称威廉姆斯。"

"幸亏你抓到机会电晕了他，亨尼斯。要是你杀了他，也许一条宝贵的线索就会石沉大海。"

亨尼斯耸了耸肩："他有武器，我们不能冒险。无论如何，他人在这儿了，先生。"

他们正在谈论他，大卫想，可他们那口气听上去就好像他并不在那里，抑或仅仅是这张床死气沉沉的一部分。

马基安转向大卫，瞪着他的眼睛。"你，听着，我拥有这个牧场。方圆一百多英里都是我马基安的地盘。我来决定，谁是自由的，谁该坐牢；谁有工作，谁该挨饿；甚至，谁该活着，谁该死。明白了？"

"好吧。"大卫说。

"那么，坦率地讲，你就没什么可害怕的了。你可以试着隐瞒任何事，我们都会以这样或那样的方式从你身上套出来。我们可能不得不杀了你。你还能明白我的意思吗？"

"完全明白。"

"你的名字叫威廉姆斯？"

"这是我在火星上唯一能用的名字。"

"可以接受。那你对食物中毒了解多少？"

大卫把腿从床上放下来。他说："瞧，我妹妹是在下午茶的时候，吃了面包和果酱就死了。她十二岁，躺在那儿死了，脸上还沾着果酱。我们叫了医生。医生说是食物中毒，然后告诉我们，在他带着分析仪器回来之前，不要吃屋里的任何东西，可他再也没回来。”

“回来的另有其人，是个有权有势的人。他有便衣人员护卫他。他让我们描述了所发生的一切。他跟我们说‘这是心脏病’。我们告诉他那很荒谬，因为我妹妹的心脏没毛病，可他不听我们的。他告诉我们，如果我们散布关于食物中毒的荒谬故事，我们就会惹上麻烦。然后他拿走了那罐果酱。他甚至冲我们发火，因为我们把我妹妹嘴边的果酱给擦掉了。

“我试图与我们的医生取得联系，可他的护士永远不会承认他在不在。我闯入他的办公室，结果发现他在，但他能说的只有一句话，说他做的诊断是错误的。他似乎不太敢谈论这件事。我去了警察局，但他们不理我。

“那人拿走的那罐果酱，是我妹妹当天在家里唯一吃过的东西，而家里其他人都还没吃过。那罐果酱刚打开，是从火星进口的。我们是那种很传统的人，喜欢吃传统食品。那是屋里唯一的火星食品。我试图通过报纸了解是否还有其他食物中毒的案例，这一切在我看来非常可疑。我甚至去了国际城，辞掉了工作，决定无论如何我都要找出来，究竟是什么人害死了我妹妹。我要抓住那个该对此负责的人，不管他是什么人。可是，无论我去到哪儿，都毫无线索，随后，警察就带着拘捕令来抓我了。

“我差不多早就预料到这一点了，于是抢先一步走在他们前面。我来火星有两个原因。首先，这是躲过牢狱之灾唯一的方法（尽管现在看来，也许不是这样，对吗？）；第二，因为我确实发现了一件事。在国际城的餐厅里，有过两三起可疑的死亡事件，每一次都发生在以火星美食为特色的餐厅里。所以我认为，答案就在火星上。”

马基安把粗大的拇指按在自己的下巴上，沿着那道长长的沟线摩挲着。他说：“听起来没毛病，亨尼斯。你觉得呢？”

“照我说，要拿到具体的名字和日期，然后去查一下真假。我们还不知道这家伙到底是什么人。”

马基安的语气听上去几乎是在抱怨：“你知道我们不能那么做，亨尼斯。这一大摊子麻烦，我可不想做任何可能导致消息走漏的事。这会让整个财团崩溃的。”他转向大卫说：“我打算派本森来跟你谈谈，他是我们的农艺师。”随即，他再一次对亨尼斯说：“你就待在这儿等本森。”

大约半个小时之后，本森到了。其间，大卫漫不经心地仰靠在小床上，毫不在意亨尼斯；而亨尼斯自己，也在玩着同样的把戏。

随后，门开了，一个声音说：“我是本森。”那是一个温柔而略显踌躇的声音，声音的主人是一位大约四十岁的圆脸男人，一头稀疏的沙色头发，戴着无框眼镜。他咧开嘴，面露微笑。

本森说：“我想，你就是威廉姆斯吧？”

“是的。”大卫·斯塔尔说。

本森仔细打量着这个年轻的地球人，好像正在用眼睛分析他。他说：“你有暴力倾向吗？”

“我没有武器，”大卫指出，“而且，我被这座农场所包围，只要我不守规矩，到处都是随时准备干掉我的人。”

“非常正确。请让我们俩单独在这里可以吗，亨尼斯？”

亨尼斯一跃而起，表示反对：“这不安全，本森。”

“拜托，亨尼斯。”本森温和的双眼透过眼镜片望向他。亨尼斯咆哮起来，伸出一只手拍打着靴子表示不满，然后走出门去。本森在他身后把门锁上了。

“你也看见了，威廉姆斯，”他抱歉地说，“在过去的半年里，我已经成了这里的重要人物。就连亨尼斯也听我的。可我还是不习惯。”他又微笑起来，“跟我说说看吧。马基安先生说，事实上，你目睹了一次奇怪的食物中毒事件。”

“是我妹妹。”

“哦！”本森的脸涨得通红，“我非常抱歉。我知道，这对你来说，肯定是个痛苦的话题，但是，我能了解一些细节吗？这非常重要。”

大卫把他先前告诉马基安的故事又讲了一遍。本森说："嗯，这一切发生得如此之快。"

"她吃过之后可能也就五到十分钟就死了。"

"太可怕了，太可怕了。你根本无法想象这一切多令人担忧。"他焦虑不安地搓着双手，"无论如何，威廉姆斯，我想把整个故事空缺的部分全都告诉你。不管怎么说，你已经猜到了大部分实情，而且，从某个角度而言，对发生在你妹妹身上的事，我觉得我也有责任。我们所有在火星上的人都有责任，直到我们能解开这个谜。瞧，这些中毒事件已经持续好几个月了，虽然数量不多，但足以使我们走投无路。"

"我们已经追查到有毒的食品，并确信它们并非来自某一家农场。但有一件事确实引起了我们的注意：所有有毒的食物都是从温格勒德运出的；而另外两个火星城市到目前为止还很干净。这似乎表明，污染源就在这座城市里，而亨尼斯一直在负责这方面的调查。他半夜开车进城，自己探寻可能的线索，但什么也没找到。"

"我明白了。这就可以解释大块头所说的那些了。"大卫说。

"呃？"本森的脸因迷惑而皱成一团，随后又清醒过来，"哦，你是说那个整天大喊大叫的小家伙。是的，他曾经碰到过亨尼斯离开农场，而亨尼斯把他给扔出去了。亨尼斯是个非常容易冲动的人。无论如何，我认为亨尼斯是错的。当然了，所有毒药都会经过温格勒德城，它是火星这个半球的核心运输点。”

“现在，马基安先生个人认为，这种污染是蓄意通过人类间谍传播开来的。至少，他和其他几个农业联合会的成员收到消息，说有人想要以一笔‘荒谬的小额资金’收购他们的农场，没有提及中毒事件，也没有任何证据表明收购和这件可怕的事情之间有任何关联。”

大卫聚精会神地听着，他说：“那么，是谁提出收购的？”

“怎么了？我们怎么会知道？我看过那些信，上面只说，如果接受收购，农业联合会需要在一个特定的亚以太[1]波段广播某个编码信息。信中说，报价每个月会跌百分之十。”

“而信件无法溯源？”

“恐怕查不过来。他们是通过一个‘小行星’邮局寄出的普通邮件。谁还能去搜索小行星带？”

“通知行星警察了吗？”

本森轻声笑了起来。“你以为马基安先生，或其他任何农业联合会的涉事者，会因为这种事情而报警吗？这是对他们个人的战争宣言。也许，你并不欣赏火星精神，威廉姆斯。当你陷入困境时，除非你愿意承认这是你无法自己解决的问题，否则，你是不会去诉诸法律的。没有任何农仔愿意这么

---

① 亚以太（sub-etheric）是阿西莫夫自创的概念，含义近似于“太空”。——编者注

干。我曾经提议把这些信息提交给科学理事会，但马基安先生甚至连这也不愿意。他说，理事会就连调查毒药的事也一筹莫展，如果他们真是那种蠢货，他宁愿不理他们，自己单干。这就是我会在这里的原因。”

“你们也在调查毒药的事？”

“是啊。我是这里的农艺师。”

“那是马基安先生给您的头衔。”

“嗯哼。严格地说，农艺师是专门研究农业科学的人。我接受过有关丰产、种植轮作的培训，就是差不多这一类的吧。我一直致力于火星问题的研究。我们人不多，所以可以得到相当不错的职位，即便如此，也会有农仔对我们失去耐心，认为我们只是书呆子，没有实践经验。不管怎么说，我还曾经接受过植物学和微生物学方面的训练，所以，出于对此职位的尊重，马基安先生任命我来负责火星上的整个科研项目。而农业联合会的其他成员仅仅是合作方。”

“那您有什么发现吗，本森先生？”

“实际上，跟科学理事会一样，没多少发现。考虑到在设备和技术支持方面，我们跟他们比起来还是相当缺少资源的，所以也没什么好奇怪的。不过，我发展了一套理论：毒发过程太快了，除非是细菌毒素。至少，如果考虑到神经性病变和其他症状，这是有可能的。我怀疑是火星细菌。”

“什么?！”

“火星上是有生命的，这你知道。当地球人首次到达火星时，火星上覆盖着简单的生命形态，甚至在太空旅行发明之前，人们就可以通过望远镜看到蓝绿色的巨藻。而海藻上生活着类似细菌的生物，甚至还有像昆虫一样的小型生物跑来跑去，但同时，它们也能像植物一样自己制造食物。”

“它们还存在吗？”

“怎么了？那当然。我们先把土地完全清理干净，然后把它们变成我们自己的农场，引入我们自己的细菌菌种，因为那些细菌是植物生长所必需的。然而，在未开垦的地区，火星生命仍然繁茂。”

“可是，那它们又怎么会影响我们的植物呢？”

“这是个很好的问题。你看，火星农场的土地和你所习惯的地球农场不一样。在火星上，农场不对阳光和空气开放。火星上的太阳无法为地球植物提供足够的热量，也没有雨水。但这里有优质的、肥沃的土壤，而植物赖以生存的二氧化碳也相当充足。因此，火星上的农作物都生长在大片大片的玻璃之下。所有播种、培育和收割，几乎全都靠机械自动化，因此，我们的农仔更像是机械师，而不是别的什么。农场的灌溉，是由一个遍布火星的管道系统承担的，管道直接接到极地冰盖。

“我告诉你这些是为了让你明白，正常情况下，植物是很难被感染的。土地是全封闭的，各个方向都有守卫，除了地下。”

“这意味着什么？”大卫问。

“这意味着，地下是著名的火星洞穴，里面很可能有拥有智慧的火星人。”

“你是说火星人？”

“不是人，但其有机体跟人类一样，都是有智慧的。我有理由相信，某些火星智慧生命，可能正急于把我们从他们的星球上赶走！”

5

# 晚餐时间

“什么原因？”大卫追问道。

本森显得有些尴尬。他伸出一只手缓缓地在头上移动着，抚平了头顶稀疏的浅色头发，然而，那一缕缕头发并不能遮住裸露的粉红色头皮。他说：“我无法说服科学理事会的任何人。我甚至都没法证明给马基安先生看，但我坚信我是对的。”

“那你有什么想说的吗？”

“嗯，我不知道。坦白地说，除了农仔，我很久没和别人说过话了。显然，你是个大学生。你主修什么专业？”

“历史，”大卫立即回答道，“我的论文涉及早期原子时代的国际政治。”

“哦。”本森看起来很失望，“学过任何与科学相关的课程吗？”

“我学过一些化学课，还有一门是动物学科。”

“我知道了。我突然想到，也许我能说服马基安先生让你在我的实验室里帮我。这算不上是什么工作，特别是考虑到你没有受过什么科学培训，但总比亨尼斯要你干的活儿要好。”

“谢谢，本森先生。可是，火星人呢？”

“哦，这个很简单。你可能不知道，火星地表下有很多洞穴，大概在地下几英里左右。这就是我们从地震数据，或者更确切地说，是从火星地震数据中所了解到的。有些研究者声称，那仅仅是当火星上仍有海洋的日子里，自然海水侵蚀的结果，可后来发现了源于土壤之下的射线，并且那不可能来自人类，肯定源于某些智慧生命。那些信号太有规律了，不可能是别的。

“还是有点道理的，真的，如果你仔细想想的话。在这颗行星的年轻时代，有足够的水和氧气来维持生命，但其重力只有地球上的五分之二，于是这两种物质慢慢泄漏，消散于太空之中。如果有火星智慧生命，他们肯定能预见到这一点。他们可能早就在地下建造了巨大的洞穴，只要他们保持人口稳定，就可以带着足够多的水和空气隐退，无限期地延续下去。现在，假设这些火星人发现他们的星球表面再次驻扎了智慧生命——来自另一个行星的智慧生命，假如，他们怨恨我们，或者害怕我们最终会影响到他们，而我们所谓的食物中毒很可能就是细菌战。”

大卫若有所思地说：“是的，我明白你的意思了。”

“可农业联合会能明白吗？抑或是科学理事会？嗯，无所谓了。我很快就会让你为我工作的，也许，到那时候，我们就可以说服他们了。”

他微笑着伸出一只柔软的手，随即这只手就被大卫·斯塔尔的大手握住了。

“我想他们现在就会放你出去。”本森说。

他们确实把他放出去了，大卫第一次有机会观察一个火星农场的核心区域。当然，它是穹顶式的，就跟这座城市一样。大卫刚一恢复知觉就确认过这一点。要不是在动力穹顶之内，你根本就别指望能自由呼吸空气，也不可能生活在地球重力环境里。

这里的穹顶自然要比城市小得多。它的最高点只有大约一百英尺高，其半透明的结构使它所有的细节都清晰可见，一串串白色荧光灯发出的亮光，超过了那半透明的微弱阳光。整个建筑占地约半平方英里。

然而，在第一个晚上之后，大卫就几乎没有时间来扩展他的观察了。农场的穹顶之下似乎挤满了人，他们每天都得吃三顿饭。晚上尤其如此，白天的工作是结束了，可对他们来说，一天的生活还远远没结束。他愣愣地站在饭桌旁，而拿着塑料餐盘的农仔们一个接一个地从他身边走过。大卫最终发现，那些盘子是专门为火星农场生产的。当需要把食物带入沙漠的时候，在人类双手的热度下，这些盘子可以被塑形并密封起来。封装之后，这些盘子就可以隔绝沙尘，保持热度。在农场穹顶内，这些盘子可以被再次压平，然后派以普通用途。

农仔们不大关注大卫，只有大块头朝他挥手致意。大块头那轻盈的身体在餐桌间溜来溜去，更换着桌上装调味酱和香料的瓶瓶罐罐。对这个小个子来说，这是其社会地位一次可怕的下滑，但他对此相当泰然。

“就一个月。”他曾经在厨房里解释过一次，当时他们正在准备当天的炖肉，厨师长离开了一小会儿，没在岗。“大多数伙计都很清楚这一点，还算是让我挺轻松的。当然，还有格里斯沃德、祖吉斯那帮人：那群耗子为了给自己找个地方窝着，不惜给亨尼斯舔靴子。可是，天哪，我有什么可在乎的？不就几个星期嘛！”

还有一回他说：“别因为那些孩子不喜欢你而烦恼。他们只知道你是个地球人，瞧，他们跟我不一样，不知道你作为一个地球人而言是真的很棒呢。亨尼斯总是跟在我后面，找我的麻烦，要不就是格里斯沃德，以确保我不跟别人说话，不然的话，他们早就会从我这里听到事实真相了。但他们会聪明起来的。”

但这个过程需要时间。对大卫来说，始终是一样的：一个农仔和他的盘子；一坨土豆泥，一勺豌豆和一小块牛排（火星上肉类食物比素食少得多，因为肉类必须从地球进口）。那个农仔随后又拿了一块蛋糕和一杯咖啡。然后，是另一个农仔和另一个盘子；另一坨土豆泥，另一勺豌豆，依此类推。对他们来说，大卫·斯塔尔只是一个地球人，一手拿勺子，一手拿着大铁叉。他甚至都没有面目，只有一把勺子和一把叉子。

厨子把头伸进门里，一双小眼睛瞥了一眼垂在下面的口袋说：“嘿，威廉姆斯，动动你的腿，外面够乱的了，送点吃的给那边的人开小灶。”

马基安、本森、亨尼斯，以及其他任何被认为是有特殊地位或者服务年限够长的人，都聚在一个单独的房间里用餐。他们围坐在餐桌旁，自然会有人把食物送上来。大卫之前就去送过食物。于是，他准备好特制的餐盘，把它们放在带轮子的服务台上，运进房间。

他不动声色地穿过桌子，从马基安、亨尼斯和另外两个人所坐的那个桌子开始上菜。他在本森的桌旁逗留了一会儿。本森微笑着接过他的盘子。“你好啊！”他说着，开始津津有味地吃起来。大卫做出一副认真负责的样子，打扫着那些看不见的面包屑。他想办法把嘴靠近本森的耳朵，而嘴唇几乎一动不动。他说："农场里有人中毒吗？"

本森听到突然在耳旁响起的声音，飞快地望向大卫。随即，他又迅速把目光移开，装出一副事不关己的样子。他摇摇头，明确表示否定。

"这些蔬菜产自火星，对吗？"大卫低声说。

房间里又响起新的声音。房间另一头传来粗暴的吼叫。

"看在太空的分儿上，你这个来自地球的蠢货，快点！"

是格里斯沃德，脸上还留着胡子茬。他肯定还是会时不时地刮几次胡子吧，大卫想，毕竟胡茬没变长，不过，似乎也没人见到他的胡茬变短啊。

格里斯沃德坐在最后面一桌，他嘴里依然骂骂咧咧的，怒火中烧。

他的双唇向后咧开："把盘子端过来！端盘子的，快点，快点！"

大卫照做了，动作不紧不慢。格里斯沃德手中拿着叉子，飞快地戳了下来。大卫的动作更快，于是叉子猛地撞在托盘的硬塑料上。

大卫一手扶住托盘，另一手握住了格里斯沃德的拳头。大卫的手越握越紧。坐在餐桌旁的另外三个人把椅子往后一推，站了起来。

大卫的声音低沉、冰冷、死气沉沉，音量正好让格里斯沃德能听到。“把它扔掉，体面点，开口要你的配给份额，否则，这辈子就这么一回了。”

格里斯沃德扭动着身体，但大卫依然紧握着他的手。大卫的膝盖顶着格里斯沃德的椅子后背，使他无法推开桌子站起身来。

“好好说话，”大卫说，他微笑着，貌似温和，“像个有教养的人。”

格里斯沃德大口喘着粗气，叉子从他麻木的指间掉落。他咆哮道：“把托盘给我！”

“就这些？”

“请。”他吐出了那个字。

大卫放下盘子，松开另一只手，那只曾经被他握住的拳头如今血色全无，一片苍白。格里斯沃德用另一只手揉搓着这只手，然后伸手去捡叉子。他环顾四周，怒不可遏，可周围与他视线相交的那一双双眼睛里，要么是戏谑，要么是冷漠。火星农场上的日子不好过，每个人都得照顾好自己。

马基安站着。“威廉姆斯！”他叫道。大卫走了过来。“先生？”

马基安没有直接提刚才发生的事，但他站在那里好一会儿，仔细打量着大卫，仿佛他是第一次见到大卫，而且很喜欢他所看到的。他说：“你愿意参加明天的大检查吗？”

“大检查？先生，那是什么？”他不动声色地察看着桌子。马基安的牛排已经吃掉了，但是豌豆还在，土豆泥几乎一口都没碰。显然，他并不像亨尼斯那么粗犷，亨尼斯只留下一个吃得干干净净的盘子。

“大检查每月一次，开车检查整个农场，排查农作物的田垄。这是个古老的农场习俗。我们检查玻璃中可能出现的意外碎裂情况，检查灌溉管道和农业机械的使用状况和工作情况，还有可能出现的偷采。我们需要尽可能多的好手来做检查。”

“我很愿意去，先生。”

“好！我就觉得你肯定会去的。”马基安转向亨尼斯，而对方则一直带着冷静而漠然的眼神全程听着。“我喜欢这孩子的风格。亨尼斯，兴许我们能把他培养成农仔的。还有啊，亨尼斯——”他压低了声音，大卫走开了，再没能听见什么，但马基安耷拉着眼皮，朝格里斯沃德那一桌的方向快速地瞥了一眼，从眼神来看，他对那个农仔老兵，不大可能说什么好话。

夜半时分，大卫·斯塔尔在他自己的隔间里听到了脚步声，他甚至在完全清醒之前就采取了行动。他从床的另一头滑了下来，钻到床下。暗淡的余晖透过窗户投射进来，他看到一双赤脚在微弱的光线下隐约闪出白色的影子。在睡眠期间，会留几盏灯在农场穹顶下继续亮着，以避免过于黑暗，那会很不方便。

大卫等着，听到床单发出一阵沙沙声，一双手徒劳地摸过整张床，随后是一阵低语。“地球人！地球人！天哪，你究竟——”

大卫碰到了一只脚，得到的结果是，对方猛然缩了回去，呼吸急促。

沉默片刻之后，一片昏暗中，一个看不清形状的头凑了过来。“地球人？你在那儿吗？”

“我还能在哪儿睡觉呢，大块头？我喜欢睡在床底下。”

这个小家伙气呼呼地低声说道：“你吓得我差点叫起来，就连我自己的耳朵都会震聋的。我得跟你谈谈。”

“好，现在该你表演了。”大卫轻声笑着，爬回床上。

大块头说：“作为一个地球人，你就是个可疑的太空臭虫。”

“你说呢，”大卫说，“我可是打算长命百岁的。”

“要是你不小心，你就甭想了。”

“不行吗？”

“不行。我真傻，跑来这里。要是我被抓住，就永远也别想拿到我的证明档案了。只是当我需要的时候你帮了我，现在轮到我还债了。你对那只虱子做了什么，也就是格里斯沃德？”

“只是在这特殊的混乱中出了一点儿小差错。”

“一点儿小差错？他都快气疯了。只有亨尼斯才拦得住他。”

“你就是来告诉我这件事的吗，大块头？”

“一部分吧。熄灯后他们就在车库后面。他们不知道我在附近，我没跟他们说。无论如何，亨尼斯正在给格里斯沃德洗脑，让他别一头扎下去。首先，别在老头子还盯着的时候找你挑事儿；其次，一旦开始，就不是撕不撕那么简单的了。格里斯沃德太疯了，说话都没啥逻辑。据我判断，他就是在胡说八道，说要把你撕成碎片。亨尼斯说——”他突然停了下来，“听着，难道你要告诉我，就你所知，亨尼斯完全是清白的？”

“他似乎，的确如此。”

“那些午夜之行——”

“你只见过他一次。”

“一次就够了。要是合法的话，你干吗不能给我点直截了当的证据？”

“这不关我的事啊，怎么给？大块头，可这一切似乎都是合法的。”

“要是这样的话，他有什么理由反对你？他干吗不拽住他那些狗呢？”

“你这是什么意思？”

“呃，格里斯沃德说完以后，亨尼斯说先别急。他说你明天要出去做检查，那是个机会。所以，我觉得我该来警告你一下，地球人，最好离大检查远点。”

大卫的声音依旧坚定。“大检查是干什么的机会？亨尼斯说了吗？”

“我没听到那部分。他们挪地儿了，我没法跟，不然我就会被落在外面旷野里。不过，照我猜，这事应该很简单。”

“也许吧。但是，如果我们其实是想查明，他们到底在干些什么勾当呢？”

大块头靠了过来，贴得很近，他仿佛正企图在一片黑暗中，从大卫脸上读懂他的表情。“你什么意思？”

大卫说：“如果是你会怎么想？我去参加大检查，让那群孩子有机会给我点颜色看看。”

“你不能那么做，”大块头喘着气说，“你不可能在大检查的时候，一边跟他们对抗，一边照顾好你自己。你对火星一窍不通，你这个可怜的地球人啊！”

“那么，”大卫不动声色地说，“我猜，那可能就意味着自杀吧。咱们等着瞧。”他拍了拍大块头的肩膀，转了个身，继续睡他的觉了。

# 6

# 沙漠飞车

主荧光灯刚一打开，农场穹顶之下的大检查狂欢节就开始了。一阵狂野的噪声伴随着一阵忙乱，沙车成排地开出来，每个农仔都在各行其道。

马基安无处不在，却永远不会在任何一处待太久。亨尼斯用他那平缓而高效的声音部署着小队分组，并在农场辽阔的土地上布置好巡检线路。当经过大卫时，他停下脚步，抬起头来。

“威廉姆斯，”他说，“你还想参加大检查吗？”

“我是不会错过的。”

“那好吧。既然你没有自己的车，我会从通用车库里给你分配一辆。车辆一旦分配给你了，就得由你来照看，并由你来维护车辆处于正常工作状态。任何我们认为可以避免的修理或损坏，费用都将从你的工资中扣除。明白了吗？”

“很合理。”

“我会安排你进格里斯沃德的团队。我知道你和他相处得不好，但他是我们田里干活儿干得最好的人，而你是个没经验的地球佬。我并不介意把你放在更差的人手下。那么，你能开沙车吗？”

“我觉得，只要我稍加练习，就可以驾驶任何移动的车辆。”

“你说可以，嗯？好，我们会给你一个机会大展身手的。”他正要走开，视线突然瞥到了什么。他大声喊道：“你这是要去哪儿？”

大块头刚走进会议室。他穿了一套新衣服，靴子擦得像镜子一样亮。他的头发刚剃了，脸也刮了，粉嫩粉嫩的。他慢吞吞地说：“大检查啊，亨尼斯先生。我还没被拘留呢，虽然你已经把我放到厨房去了，但我依然是个有执照的农仔，有评级。这意味着，我可以参加大检查；也意味着，我有权使用我的老车，加入我原来的小队。”

亨尼斯耸耸肩：“规则手册你倒是读了不少嘛，我想，规矩大概确实如此。但是，再过一个星期，大块头，就一个星期，那之后，只要你在马基安领地内的任何地方露个鼻子，我肯定会让你领略一下，什么是真正的男人。你会被踩死，踩扁。”

大个子朝正在后撤的亨尼斯比了一个恐吓的姿势，随即转向大卫。“用过鼻式面罩吗，地球人？”

“其实，从来没用过。当然，我听说过。”

“光听说过有什么用啊！我已经帮你签领了一个。听着，我来教你怎么上手。不，不，把你的大拇指从那儿伸出来。现在，看着我是怎么握的。对了。现在，举过头顶，确认一下，带子别缠到脖子后面去了，不然你最后肯定会头疼的。现在，你能透过面罩看到外面了吗？”

大卫的上半张脸变成了一个塑料外壳的怪物脸，从氧气瓶中引出的两根软管从他的下巴两侧伸出，看上去一点儿都不像人类。

“你觉得呼吸困难吗？”大块头问。

大卫挣扎着，拼命想吸入空气。他猛地一把扯下鼻子上的面罩。“你怎么把它打开的？没任何面板。”

大块头大笑起来：“这是送你的回礼，谁让你昨晚吓唬我呢！你不需要面板。当你的脸触及面罩时，只要感受到热量和压力，氧气瓶就会自动供氧；而当你把它取下来的时候，氧气瓶会自动关闭。”

“那我这个肯定有点问题吧？我——”

"没问题的。它提供的气压是正常大气压的五分之一，以匹配火星大气的压力，当你面对正常的地球大气压时，是没法正常呼吸的。等出去到了沙漠里就好了，一切都正合适，因为即使是正常大气压的五分之一，毕竟都还是氧气，也足够了。你会呼吸到跟平时一样充裕的氧气，只不过，记住一件事：要用鼻子吸气，用嘴呼气。要是你从鼻子里呼气，你的目镜上就会蒙上一层雾，那可就不好了。"

他趾高气扬地打量着大卫那高大挺直的身影，摇了摇头。"真不知道该怎么处理你那双靴子。黑白色！看起来简直就像是垃圾，多多少少吧。"他低下头来，看了一眼自己那件夹杂着黄绿色和朱砂色的作品，颇为自豪。

大卫说："我会看着办的。你最好回你自己的车上去。看来，他们好像已经准备好出发了。"

"你说得很对。嗯，放松点。小心重力变化。要是你还不太习惯的话，恐怕会有点难受。另外，地球人——"

"嗯？"

"瞪大你的双眼，好好看着点。你知道我什么意思。"

"谢谢，我会的。"

如今，沙车排成了九排方阵。据说总共有一百多辆车，每辆车上的农仔都越过轮胎和控制台，专注地盯着前方。这些车都有自己手工制作的标牌，纯粹是为了好玩儿。在这辆为大卫安排的沙车上，布满了前六位车主的标牌，开始是“小心，姑娘们”，这几个字围着子弹头一样的车头部位绕了一圈，最后是“这不是尘暴，是我来了”，刻在后保险杠上。

大卫爬了进去，关上门，很严实，连条缝都看不出来。在他头顶上方，有一个用于过滤和再过滤的排气口，可以平衡车内和车外的气压。玻璃窗不是很清楚，有点模模糊糊的，这是遭遇过数十次尘暴侵袭的实证。大卫发现，控制台还算眼熟，大部分都是地面车辆的标准配置，而几个不太熟悉的按钮，实际操控一下就知道是干什么用的了。

格里斯沃德走了过来，怒气冲冲地朝他比了个手势。他打开门。

格里斯沃德吼道：“把前挡板放下来，你这个浑蛋。我们又不是朝着风暴开。”

大卫找了一下，最后在方向盘轮轴上找到了正确的按钮。挡风玻璃看上去像是焊在金属上的，挡板自动脱钩，沉了下去，能见度提高了。当然，他想，火星的大气层几乎不会产生足以扰乱他们的风，现在是火星的夏天，也不会太冷。

一个声音喊道：“嘿，地球人！”大卫抬起头来，大块头正向他挥手。大块头也在格里斯沃德的九人小组里。大卫挥手回应。

穹顶的一小块升了起来，那是隔离区。九辆车缓缓驶入，慢慢往前开。隔离区在他们身后缓缓关闭。几分钟之后，再次打开，空了，又进来九辆车。

格里斯沃德的声音突然很大声地在大卫耳畔响起。大卫转过头，看到车顶的小听筒就在他脑袋后面。方向盘轮轴头上有一个小格栅，那是个话筒。

“其他八个班组，都准备好了吗？”

声音接连响起：“一号准备完毕。”“二号准备完毕。”“三号准备完毕。”在六号之后出现了一小段停顿，就几秒。大卫随后喊道：“七号准备完毕。”接着是：“八号准备完毕。”大块头尖细的声音排在最后：“九号准备完毕。”

穹顶隔离区再次升起，大卫前面的车开始移动。大卫慢慢踩下电阻，切断线圈，让电流注入马达。他的沙车一下子就冲了出去，几乎撞到前面那辆车的车尾。他猛地放开电阻，感觉到沙车在他脚下震动着。他轻轻把车稳了下来。隔离区在他们身后合拢，将他们围了起来，就像一条小隧道。

他意识到空气嗞嗞作响，正在从隔离区被抽回穹顶。他感到自己的心开始怦怦直跳，但他的手却稳稳地握在方向盘上。

他的衣服从身上鼓了起来，空气沿着靴子与大腿相交的圆柱线缓缓渗出。他的双手和下巴一阵刺痛，有种浮肿、膨胀的感觉。他反复做着吞咽的动作，以此减轻耳朵里因耳压而产生的疼痛。五分钟后，他觉察到自己正拼命喘气，想要聚拢足够多的氧气以满足所需。

其他人正纷纷戴上鼻式呼吸面罩，他也照做。这一回，氧气顺利地从他鼻孔里透了进来。他深深地吸了一口气，又用嘴把气呼出。他的双臂和双脚还是有些刺痛，但这种感觉开始渐渐消失。

现在，穹顶隔墙的这个部分，已经在他们前面缓缓打开了，火星平坦的红沙在太阳微弱的光线下闪闪发光。当这一切结束的时候，从八个农仔的喉咙里发出了整齐的叫喊声。

“沙啊——走起！”队伍中的第一辆车开始动起来了。

那是传统的农仔吼，声音在火星稀薄的空气中变细了，几乎变成了女高音。

大卫踩电阻，缓缓驶过标志着金属穹隆与火星大地之间的边界线。

随后，他遭到了重击！

重力的突然变化犹如陡然下落了一千英尺。刚一越过边界线，他体重中的一半多就立刻消失了，从他的胃里一路翻出来。他紧紧抓住方向盘，感觉自己在不停地坠落、坠落，再坠落。

沙车疯狂地打起转来。

格里斯沃德的声音响了起来，稀薄的空气在传递声波方面非常不给力，在如此不和谐的空旷感中，他的声音依然保持着原来的嘶哑。“七号！回到队伍里去！”

大卫与方向盘搏斗着，凭着自己的感觉战斗，努力想让自己看清楚。他通过鼻套慢慢地吸入氧气，最糟糕的感觉渐渐过去了。

他可以看到大块头焦急地朝他这个方向望过来。他抬起一只手松开方向盘，飞快地挥了挥手，然后又回到路上。

火星沙漠几乎是一片坦途，平坦而荒芜，甚至连一片灌木都没有。这片特殊的区域早就是一片死寂的荒漠了，没有人知道过了多久，到底是几千年，还是几百万年。他突然想到，也许他是错的，也许这片荒漠里的沙子曾经被蓝绿色的微生物所覆盖，直到地球人来，把它们都烧掉了，以此为他们自己的农场腾地方。

前面的车，车尾徐徐升起一片微尘，仿佛是一部已经慢下来的胶片电影里的场景，慢慢沉淀下来。

大卫的沙车拖尾，速度拖得很慢。他增加了车速，再加速，结果发现出了问题。其他在他前面的车，都贴紧地面，而他自己的车，却跟野兔一样跳跃着。只要地面上有一点儿微小的瑕疵，或任何突出的岩石，他的车就会腾空而起。它懒洋洋地飘在空中，几英寸高，轮子空转，发出毫无用处的呜咽声。摔下来的时候很轻，随后会猛地往前一颠，轮子就被拉紧了。

这使他失去了抓地力，而当他尝试恢复控制的时候，沙车反而跳得更厉害了。当然，这是低重力造成的，但其他人都有法子处理，他想知道他们是怎么做到的。

天越来越冷。即使是在火星的夏天，他猜温度也就刚刚高于零度。他可以直视空中的太阳，那是紫色天空中的一个侏儒太阳，他甚至能看到空中还有三四颗星星。空气太稀薄了，既无法使大气消失，也无法以地球大气的方式散射光线，因此也就无法形成地球上的那种蓝天。

格里斯沃德的声音再次响起:“一号车、四号车、七号车到左边去;二号车、五号车、八号车到中间;三号车、六号车、九号车到右边;二号车和三号车分别负责各自的小分队。”

格里斯沃德的一号车开始向左转弯，大卫的眼睛紧盯着它。他注意到左边地平线上有一条黑线，四号车跟在一号车后面，大卫朝左猛打方向盘，以配合转弯的角度。

随后发生的事令他大吃一惊。他的车轮飞快地开始打滑，几乎没给他任何时间，所以他压根儿没意识到发生了什么，一切都仅仅是出于本能。他拼命地猛打方向盘，朝打滑的方向旋转。他关掉了所有的动力，当车身急剧打转的时候，他能感觉到车轮发出刺耳的摩擦声。沙漠在他眼前高速旋转，只有那一片血红留在他脑海中。

接着，听筒里传来大块头尖细的叫声:“踩紧急牵引制动！就在电阻右边！”

大卫拼命地寻找紧急牵引制动，不管那是什么，但他疼痛的双脚什么也没找到。地平线上那道黑线出现在他面前，随后又消失了。现在，它看上去更加陡峭，也更宽。即使在瞬息万变的情况下，那道黑线的本质也已经非常明显了。这是火星上的一条裂缝，又长又直。就跟月球上数量众多的沟壑一样，这些都是行星表面的裂缝，随着星球数百万年的干涸而形成。它们宽度可达一百英尺，而迄今为止，还没人去量过裂谷的深度。

“粉红色的，又短又粗的按钮。”大块头喊道，“你随便踩啊！”

大卫照做了，他脚趾下突然感觉到了有个微微的凸起。原本飞驶中的沙车，生出一股抗拒性的摩擦阻力，撕扯着他。灰尘飞扬，直上云霄，使他感到一阵窒息，什么都看不见了。

他在方向盘上趴下来等着。车速确实渐渐放缓。然后，终于，它停了下来。

他靠在椅背上，静静地喘了一阵子。随后，他撤下鼻式面罩，擦了擦里面的衬里。冷空气弄得他的鼻子和眼睛都有些刺痛，然后，他换了一个面罩。他的衣服原本是红色的，现在灰蒙蒙地盖了一层土，下巴上也全都是灰。他能感觉到嘴唇发干，车里面也脏得一塌糊涂。

他所在小分队的另外两辆车在他旁边停了下来。格里斯沃德从其中一辆车里爬了出来，那张胡子拉碴的脸戴上鼻式面罩后显得越发难看。大卫突然意识到了，为什么农仔流行蓄须。其实，这是天然屏障，用来抵御火星稀薄的寒风。

格里斯沃德正在咆哮，露出发黄的断齿。他说："地球人，这辆沙车的修理费得从你工资里直接扣。你听到过亨尼斯的警告。"

大卫打开门，爬了出来。从外面看，这车毁得更惨，即使还能算是车，也只能算残骸了。轮胎全磨秃了，上面伸出一排巨大的利齿，显然，这就是"紧急牵引制动"。

他说："格里斯沃德，别指望从我工资里扣一个子儿。是这辆车有毛病。"

"非常肯定，是司机的问题，这辆车的毛病是它由一个笨手笨脚的蠢货司机来开。"

又一辆车呼啸而至，格里斯沃德转向它。

他的胡茬几乎都要根根直立了。"把他轰出去，你这臭虫。继续干你的活儿去吧。"

大块头从他的车里跳了出来："等我先看看地球人的车再说。"

大块头在火星上的体重还不到五十五磅，他一跃就跳到了大卫身边。他弯下腰，过了一会儿，又站起身说："格里斯沃德，压重杆怎么不见了？"

大卫问："压重杆是什么，大块头？"

小家伙说话的语速很快。“当你把这些沙车开入低重力环境的时候，你得在每一根轴上加一根一英尺粗的梁。如果在高重力环境，就可以把梁撤掉。对不起，伙计，但我从来没想过这可能就是——”

大卫没让大块头继续说下去。他咧开嘴。这就足以解释，为什么他的车每次颠簸都会飘起来，而其他车则可以贴牢地面。他转向格里斯沃德。“你知道压重杆不见了吗？”

格里斯沃德发誓说：“每个人都得对自己的车负责，如果你没注意到压重杆不见了，那是你自己的疏忽。”

如今，所有的车都跑来现场围观了。黑压压一群人把他们三个围在里圈，他们沉默不语，目光专注，但并不加以干涉。

大块头破口大骂：“你这坨又臭又硬的大石头！这人是个新手，总不能指望他——”

“安静，大块头，”大卫说，“这是我的活儿。我再问你一次，格里斯沃德，这件事你事先知不知道？”

“我告诉过你，土佬。在沙漠里，一个人必须看好他自己，我可不会像你妈那样看护你。”

“那好。这样的话，那我现在就得看好我自己了。”大卫环顾四周。他们几乎是在裂缝边缘。当时那情况，再过去十英尺，他就是个死人了。“不过，你也得看好你自己，因为我要开你的车。你可以开我的车回农场穹顶，或者你也可以待在这里，我才不管呢！”

“天哪！”格里斯沃德的手一下子拍到了他自己的臀部，周围围观的人立刻爆发出了一阵粗野的吼声。

“公平战斗！公平战斗！”

火星荒漠法则很冷酷，但它画了一条线，会剔除被认为是不公平的有利条件。这是可以理解的，也是强制执行的。只有通过这种相互的预防措施，才能保障任何人都不会被人背后插刀，或者被人在肚子上轰一枪。

格里斯沃德看着他周围一张张神色严肃的脸。他说：“等我们回到穹顶以后再来算这笔账。伙计们，都回去干活儿。”

大卫说：“如果你想要回去解决，那我们就穹顶见。现在嘛，站到一边去。”

他不慌不忙地朝前走去，而格里斯沃德则后退了几步。“你这个愚蠢的菜鸟，我们总不能戴着面罩打拳击吧？你的脑袋除了骨头还能长点别的吗？”

“那就把你的面罩摘掉好了，”大卫说，“我也摘掉我的。要是你有本事，就在公平的战斗中阻止我。”

“公平战斗！”人群中爆发出赞许的吼声。大块头喊道：“格里斯沃德，站起来，要么就退下去！”他朝前一跳，把格里斯沃德的爆能枪从屁股上扯了下来。

大卫把他的手放在鼻式面罩上。“准备好了吗？”大块头叫道，“我数到三。”

男人们乱哄哄地大叫起来。此时此刻，他们正热切地期待着。格里斯沃德发疯般环顾四周。

大块头开始数：“一——”

数到“三”的时候，大卫默默摘掉面罩，把它连同氧气筒一起扔到一边。他站在那里，毫无防护，屏住呼吸，对抗着火星那无法呼吸的大气。

7

# 大块头的发现

格里斯沃德没有动，依然戴着他的面罩。这时，观战的人群发出了威胁性的吼叫。

大卫尽其所能地快速移动，在低重力环境下估量着自己的脚步。他笨拙地朝前扑出（几乎就像是被水托了起来），抓住了格里斯沃德的肩膀。他扭向一边，避开了农仔的膝盖。一只手伸向格里斯沃德的下巴，抓住面罩，用力一拉就扯了下来。

格里斯沃德发出一声微弱的叫喊，伸手去抓面罩，但徒劳无功，于是赶紧闭嘴，以防空气流失。他突然挣开，脚步有些踉跄。慢慢地，他开始围着大卫转圈。

自从大卫最后一次呼吸以来，差不多已经过去了一分钟。

他的肺有些绷不住了。格里斯沃德两眼充血，半蹲着，侧身朝向大卫。他的腿很有弹性，动作优美。他习惯了低重力，能很好地控制自己的动作。大卫冷静地意识到自己恐怕做不到，只要动作一快，稍有不慎，自己就有可能摔个四脚朝天。

每一秒都绷得很紧。大卫躲在格里斯沃德够不着的地方，看着格里斯沃德脸上露出扭曲的表情，紧张而痛苦。大卫不得不跟那个农仔比耐力。他本人的肺堪称运动员级别，而格里斯沃德则吃得太多，喝得太多，以致体形走样。裂缝突然映入大卫的眼帘。裂缝此刻就在他身后大约四英尺，那是个陡峭的悬崖，垂直下落。而格里斯沃德正是朝这个方向移动的。

大卫停止了后退。十秒之内，格里斯沃德必然会冲上来，他不得不这么做。

而格里斯沃德也确实是这么做的。

大卫自己主动倒向一边，用另一侧肩膀挡住对方。在撞击的冲力下，他旋转起来，同时，他把旋转的力度也加入自己的拳头里了，而这一拳狠狠地击中了格里斯沃德的下颌骨。

格里斯沃德盲目地蹒跚而行，他深深吸了一口气，肺里充满了氩、氖和二氧化碳的混合物。他慢慢地，令人害怕地，瘫倒在地。他竭力想让自己站起来，但只成功了一半，就又开始跌倒，他踉踉跄跄地往前走，试图保持平衡——

大卫耳中传来一阵混乱的喊叫声。此刻，除了扔在地上的面罩，他什么也看不到、听不到，于是，他迈着颤抖的双腿，颤颤巍巍地走回车里。他强压着饱受折磨、渴望氧气的身体，缓慢而有尊严地做动作，他小心地扣紧钢瓶，调整着他的面罩。然后，终于，他颤抖着吸了一口气，氧气灌入他的肺，仿若一股冷水冲进他干涸的胃里，久旱逢甘露的感觉。

在整整一分钟里，他除了呼吸，什么也做不了。他宽厚的胸膛剧烈起伏着，呼吸急促。随后，他睁开双眼。

“格里斯沃德在哪儿？”

他们都围在他周围，所有人，最前面的是大块头。大块头看起来很惊讶。“你没看见吗？”

“我把他打倒了。”大卫用锐利的眼神扫视着四周，可哪儿都看不见格里斯沃德。

大块头伸手做出一个向下扫的动作。“进那个裂缝了。”

“什么？”大卫在面罩下皱起眉头，“这个笑话一点儿也不好笑。”

“不，不。”“就像跳水一样跃下悬崖。”“老天做证，那是他自己的错。”“土佬，对你来说，很明显是自卫。”他们七嘴八舌地说了起来。

大卫说：“等等，到底发生了什么事？是我把他扔下去的吗？”

“不，土佬，”大块头嚷嚷道，“不是你干的。你撞到了他，那臭虫倒了。然后他想站起来，可又倒了。他想要保持平衡，所以就大步往前跳，可他太瞎了，根本没看见前面是什么。我们想要抓住他，可没来得及，然后他就那么下去了。要不是他自己急于把你推到裂缝边缘，想把你扔下去，怎么会发生这种事？”

大卫看着那群人，那群人也看着他。

终于，其中一个农仔伸出一只刚硬的手说：“干得漂亮，农仔。”

这句话说出来的时候是很平静的，但它意味着接受，打破了原本的僵局。

大块头高喊一声“胜利”，跳起足有六英尺高，然后缓缓落下。他的双腿在身下旋转着，如果是在地球重力环境下，就算是芭蕾舞演员，无论多专业，也无法复制。其他人现在都挤在他周围。那些人或者称呼大卫为“土佬”，或者就说“你”，或者压根儿什么都不说，他们拍拍他的背，告诉他，他是个让火星也为之自豪的男人。

大块头喊道：“伙计们，让我们继续大检查吧。我们需要格里斯沃德教我们该怎么做吗？”

他们大声吼回来：“不！”

“那就这么办了？”他跳上自己的车。

“走啊，农仔。”他们朝大卫吼道。大卫跳进了十五分钟前还是格里斯沃德的车，开始启动。

“沙啊——走起！”再一次，这一小撮火星居民口中响起了尖锐而嘹亮的口号。

这条消息通过沙车广播扩散开来，跨越了一片又一片旷野，在被玻璃包围的农田间传播着。当大卫驾驶着他的沙车在玻璃墙之间的走廊里前后移动时，消息已经传遍了整个农场——“格里斯沃德完蛋了！”

原来属于格里斯沃德小组的农仔，如今只剩八个。火星的红太阳正在下沉，而他们在黯淡的红色暮光中重新聚集在一起，沿着清晨时出发的路线驱车返回农场穹顶。当大卫回来时，他发现自己早就声名显赫了。

那天没有正式的晚餐。在返回前，晚餐就已经在沙漠里被吃光了，所以，检查完成后还不到半小时，人们已经聚集在主屋前，等待着。

毫无疑问，亨尼斯和老头子本人都已经听说了这场战斗。农场里有太多农仔受够了当“亨氏人”，换句话说，就是自从亨尼斯当了工头以后被雇用的人，他们的利益与亨尼斯紧密地联系在一起。事实是，这群农仔足以确保这个消息以他们想要的方式传播。因此，他们带着得意扬扬的期许，等待着。

并非是因为他们对亨尼斯本人有什么深仇大恨。他很有效率，也不是个残暴的人，但他并不受人喜爱。他冷漠而孤僻，缺少能跟别人打成一片的能力，而那正是前任工头的标志性特征。在火星上，缺少社会差异，所以这是个致命缺陷，反对者会因此忍不住怨恨他。而格里斯沃德本人也绝不受欢迎。

总而言之，马基安农场这三个火星年以来，从来没这么兴奋过，而一个火星年只比两个地球年少一个月的时间[①]。

当大卫出现的时候，人群中爆发出一阵响亮的欢呼声，专门为大卫让出了一条通道，尽管，旁边有一小撮人看起来闷闷不乐，充满敌意。

屋里肯定已经听到了欢呼声，因为马基安、亨尼斯、本森和其他几个人走了出来。大卫走上了通往门口的斜坡，而亨尼斯走到斜坡顶端，向下俯视着。

大卫说："先生，我来是想解释一下今天发生的这起事故。"

亨尼斯平静地说："今天，马基安农场上一位颇有价值的员工，因为跟你发生争执而死亡。你的解释能消除这个事实吗？"

"不，先生，但格里斯沃德是在公平战斗中被打败的。"

人群中传来一个声音："格里斯沃德想要杀了那个孩子。出于意外，他忘了给那孩子的车加上压重杆。"听到最后那句充满讽刺的话，人群中发出零星的笑声。

---

① 即二十三个地球月。

亨尼斯脸色苍白。他紧握拳头:“谁说的?”

一片沉默,随后,从人群的最前排传来一个低沉而微弱的声音:“求您了,老师,不是我。”大块头站在那里,双手紧紧合拢在身前,双眼谦恭地朝下看着。

笑声再起,这一次,是一片大笑。

亨尼斯竭力压制住愤怒。他对大卫说:“你要提出申诉有人谋害你吗?”

大卫说:“不,先生。我只要求一场公平战斗,有七个农仔在场见证。参加公平战斗的人必须全力以赴。您是打算制定新规则吗?”

听众中响起一片赞许的欢呼声。亨尼斯环顾四周。他喊道:“很遗憾,你们这些人被误导了,你们受到煽动而采取了行动,以后一定会后悔的。现在,都回去干活儿吧,你们所有人,我确保你们今晚的态度不会被忘记。至于你,威廉姆斯,我们会考虑这个案子的。这不是结束。”

他猛然转身回到主屋,犹豫片刻之后,其他人也跟在他身后回去了。

第二天一大早,大卫就被叫到本森的办公室里。那是个漫长的庆典之夜,大卫既逃不掉也跑不开,而当他弯腰避开门楣的时候,忍不住打了一个大哈欠。

本森说：“进来，威廉姆斯。”他穿着一身白色的工作服，办公室的空气里有一种特殊的动物气味，那来自关老鼠和仓鼠的笼子。他微笑着说：“你看起来很困啊。坐吧。”

“谢谢，”大卫说，“我是困了。有什么我能为您效劳的吗？”

“是我能为你做的，威廉姆斯。你有麻烦了，你可能会有更大的麻烦。恐怕，你并不知道火星上的条条框框是怎样的。如果马基安先生相信，格里斯沃德的死可被视为谋杀，那他完全有权限下令崩了你。”

“不经过审判？”

“那倒不会，但亨尼斯可以找到十二个农仔，他们很容易就能找到办法的。”

“如果他想要这么做的话，他就会跟农场里其余的农仔闹翻，麻烦更大，不是吗？”

“我知道。我昨晚一遍又一遍地告诉亨尼斯了。别以为我和亨尼斯合得来。对我来说，他太专横了，也太自以为是。比如，我前几天跟你提到过的，他自己私下里搞的那套调查工作。马基安先生完全同意我的看法。当然，他必须让亨尼斯跟这些人直接打交道，这是亨尼斯的职责，这也是为什么他昨天没有干预。但后来，他告诉亨尼斯，当面说的，说他不会坐视他的农场被格里斯沃德这样愚蠢的流氓给毁掉，而亨尼斯不得不答应让这件事平息一段时间。但同样，亨尼斯也不会轻易忘记这件事的，在这里，跟亨尼斯作对可不是什么好事。”

“我不得不冒这个险，对吗？”

“我们可以把风险降到最低限度。我已经问过马基安，我是否可以在这里用你。你知道，即使没受过科学训练，你也会很有用。你可以帮忙喂动物，清理笼子。我可以教你怎样给动物做麻醉，怎么打针。不会很多，但这将使你远离亨尼斯，可以防止破坏农场的士气，我们现在可无法承受这些，这你应该知道。你愿意吗？”

大卫非常一本正经地说:“对一个如今被别人称为老实农仔的人来说，这简直是社会地位的下降。”

科学家皱起眉头。“哦，别这样，威廉姆斯。别把那些家伙告诉你的话太当真。伙计！呵呵，这对半熟练的农业劳动者来说，无非就是个花哨的名字，仅此而已。如果你听信他们颠倒是非的有关社会地位的理念，那你就太傻了。听着，如果你跟我一起工作，你或许可以帮助解开中毒的秘密，给你妹妹报仇。这就是你来火星的原因，对吧？”

“那我给您干。”大卫说。

“好。”本森圆圆的脸上露出宽慰的微笑。

大块头小心地从门外往里看。他低声说:“嘿！”

大卫转过身来，关上了笼门。“你好，大块头。”

“本森在吗？”

“不在。今天他不过来了。”

“OK。”大块头进来了，小心翼翼地走着，仿佛是为了防止他的衣服和实验室里的任何东西之间产生意外的接触。

“别告诉我，你对本森有什么不满。”

“谁？我吗？才不会。他就是有点……你知道的。”他轻轻敲了敲自己的头，“究竟什么样的成年人才会来火星和小动物鬼混？然后吧，他总是告诉我们，该怎么种地，怎么收割。他知道什么？你不可能在地球的学院里，学到任何关于火星农业的事。在这方面，他是想让自己看起来比我们强。你明白我的意思吗？有时候，我们不得不削他一下。”

他忧郁地看着大卫。“现在，瞅瞅你那样子。他把你也打扮得这么齐整，穿着睡衣，给那些耗子当保姆。你干吗让他这么做？”

“这只是暂时的。”大卫说。

“嗯。”大块头沉思了一会儿，随后笨拙地伸出了手，“我想说再见。”

大卫握住他的手说：“你要离开？”

“之前说好的那一个月到期了。我拿到了我的档案，所以，现在我要去别的地方找工作了。我很高兴遇到了你，地球人。也许，等你自己也到期了，我们可以再见面。你是不会想要待在亨尼斯手下的。”

“等等。”大卫并未松开小伙子的手，“你现在是要去温格勒德城，是吗？”

“直到我找到工作为止，是的。”

“很好。我等这事已经一个星期了。我不能离开农场，大块头，你能帮我办点事吗？”

“那当然。说，要干啥。”

“有点冒险，你还得回到这里来。”

“好的。我不怕亨尼斯。另外，我们有法子偷偷见面，而他压根儿就不会知道的。我在马基安农场待的时间比他久多了。”

大卫强迫大块头坐了下来。大卫蹲在大块头旁边，声音压低到近乎耳语。“你看，运河拐角处有一个图书馆，在温格勒德城的火卫一大街上。我想让你帮我弄几张影片，跟放映机一起。那几部影片的信息，都装在这个密封的——”

大块头的手猛地伸了出来，抓住大卫的右袖口，用力向上撸。

“喂，你在做什么？”大卫问道。

“我想看点东西。”大块头喘着气说。大卫的手腕现在露了出来，大块头托住它，内表面朝上，屏息注视着。

大卫没有采取任何行动收回手腕。他毫不介意地看着自己的手腕问道：“呃，怎么了？”

“不是这只手。”大块头喃喃地说。

“真的？”大卫毫不费力把手腕从大块头的钳制中抽了回来，露出了另一只手腕。他把两只手腕都捧到他面前，问道：“你在找什么？”

“你知道我在找什么。你刚一到这儿，我就觉得你的脸很眼熟，一时没认出来。我真该踹自己一脚。究竟是什么样的地球人，能在不到一个月的时间里，被认为和本地农仔一样优秀？而我不得不等你，看你什么时候派我去科学理事会的图书馆，然后我才有机会翻盘。”

“我还是不明白你的意思，大块头。”

“我觉得你应该懂，大卫·斯塔尔。”他几乎是得意扬扬地喊出了这个名字。

# 8

# 夜半会议

大卫说道："安静，伙计！"

大块头的声音压低了："我常常在录像带里看到你。可为什么你手腕上没标记呢？我听说所有理事会的成员都有标记。"

"你从哪儿听来的？谁跟你说运河和火卫一的图书馆就是科学理事会所在地？"

大块头涨红了脸。"别看不起农仔，先生。我以前也住在城里。我甚至还上过学呢。"

"很抱歉，我不是那个意思。你还会帮我吗？"

"除非我弄明白你那手腕到底是怎么回事。"

"这不难。这是一种无色的文身，在空气中会变黑，但前提是，如果我想让它变黑的话。”

“怎么做到的？”

“这是某种情绪控制的问题。人类的每一种情绪，都会伴随血液中某种特定的激素模式。有一种特殊情绪，同时也是唯一的一种，可以激活文身。而我恰巧知道是哪种情绪。”

大卫没做任何肉眼可见的事，但渐渐地，他右手腕内侧开始出现一块斑痕，颜色越来越深。很快，出现了若干金色的小点，构成北斗七星和猎户星座的形状，闪闪发光，然而整个图案很快就消失了。

大块头面露红光，他的双手垂了下来，不由自主地开始拍打靴子。大卫粗鲁地一把抓住他的胳膊。

“嗨。”大块头说。

“请不要激动。要跟我一起吗？”

“我当然跟你一起了。今晚我就会带着你想要的东西回来，而且，我会告诉你，我们该在哪儿碰头。外面有个地方，靠近第二区——”他继续说着，低声指明了方向。

大卫点点头：“好，信封在这儿。”

大块头接过信，把它插在自己的高筒靴和大腿之间。他说：“质量好的靴子，最上面其实有个口袋在里面，斯塔尔先生。这您知道吗？”

“我知道。也别瞧不起我这个农仔。大块头，我的名字，仍然是威廉姆斯。只剩下最后一句话。只有理事会的图书馆管理员能够安全地打开这个信封。任何其他人想试着打开，就肯定会受伤。”

大块头挺直了身子。“不会有任何其他人打开它。我承认，确实有比我厉害的大人物。也许你觉得我什么都不懂，可我确实懂。但结果是一样的，无论厉害不厉害，没人，我的意思是说，没人能从我身上拿走这封信，除非杀了我。更重要的是，我自己从来也没想过要打开它，即使你曾经这么想过。”

“我确实这么想过，”大卫说，“我试着想过所有可能性，不过，我倒也没想太多。”

大块头微笑起来，朝着大卫的下巴虚晃一拳，随后就离开了。

本森回来的时候，差不多要到晚餐时间了。他看起来很不高兴，肥嘟嘟的脸颊耷拉着。

他没精打采地说：“你好吗，威廉姆斯？”

大卫正在洗手，他把双手浸入一种在火星上普遍使用的特殊专用洗涤液里。随后，他抽回手，把手伸进热风里晾干，而洗过手的水会被冲到水槽里，会在那里被净化，并回到供应中心。火星上的水很贵，只要有可能，就会一遍又一遍地循环利用。

大卫说：“你看起来很累啊，本森先生。”

本森小心翼翼地关上了身后的门。他脱口而出:“昨天有六个人死于中毒。这是迄今为止最高的单日死亡数。情况越来越糟，我们似乎无能为力。”

他瞪着一排排的动物笼子。“可是，我猜，它们倒全都活着。”

“全都活着。”大卫说。

“好吧，那我能做什么?马基安每天都在问我，是否发现了什么。他以为我能一大早在枕头底下发现什么吗?我今天在谷仓，威廉姆斯。那是一片小麦的海洋，成千上万吨货物，全都准备装箱运往地球。我埋头查了一百次。这儿五十粒，那儿五十粒。我尝试过查每个箱子的每个角落。我挖下去二十英尺去取样。但这又有什么用呢?依目前的情况，最大胆的估计是，有十亿分之一的谷物受到感染。”

他轻推了一下随身携带的手提箱。“你觉得，我这里的五万颗谷物会有那十亿分之一吗?只有两万分之一的机会!”

大卫说:“本森先生，您跟我说过，这个农场从来没死过人，尽管，我们几乎只吃产自火星的食物。”

“据我所知没有。”

“那火星整体情况怎样?”

本森皱了皱眉头。“我不知道。我觉得没有，不然我肯定会听说过。当然，火星生活可不像在地球上那样井井有条。如果农仔死了，通常就只是把他埋了，没任何正式的仪式。很少会有异议。”随后，他又尖锐地问道，“你问这个干什么？”

“我只是在想，如果是火星细菌，火星上的人可能比地球人更习惯它。他们很可能已经有免疫力了。”

“不错啊！对一个非专业科学家来说，你这想法不赖啊。事实上，这是个好主意。我会记住的。”他伸出手去拍大卫的肩膀，“你继续，吃点东西吧。我们明天开始添新样品。”

大卫离开时，本森转向他的手提箱，取出仔细贴过标签的小包，其中一个可能装着最重要的有毒谷物。到明天，这些样品将被磨碎，每一小堆粉末都会被小心地混合在一起，仔细地分成二十个子样品，一些用于喂食，一些用于测试。

截至明天！大卫暗自苦笑。他揣测着自己明天会在哪里。他甚至怀疑，明天自己是不是还活着。

农场穹顶就像一个巨大的史前怪物般蜷缩在火星地表沉睡着。穹顶上残留的荧光呈现出一片黯淡的苍白。寂静中，通常听而不闻的穹顶大气开始振动，把火星大气压缩到正常的地球水平，又从巨大的绿色温室里，从那些不断生长的植物中提取水分和氧气，一边发出低沉的轰隆声。

大卫正迅速地从一个阴影移到另一个阴影里，他非常小心，然而这在很大程度上完全没必要。没人看守。穹顶的硬屋顶正压在他头上，墙壁向地面急剧收缩，当他抵达 17 号气闸时，他的头发丝都能蹭着屋顶了。

里面的门是开着的，他走了进去。大卫用铅笔手电筒那闪烁的灯光扫过里面的墙壁，找到了控制器。虽然没有标签，但大块头的指示已经够清楚的了。他按下黄色按钮。先是弱不可闻的咔嗒一声，随后停了片刻，接着是空气的沙沙声。这次的声音比大检查那天响得多，而且，因为这是专为三四人使用而设计的小闸锁，并非那种供九辆沙车使用的巨型闸门，所以气压下降得更快。

他调了调面罩，等咝咝声渐渐消失，沉寂表明压力平衡了。这时，他才按下红色按钮。外闸门随即升起，他大步走了出来。

这次，他用不着再试图操控沙车。他俯身趴在坚硬而冰冷的沙子上，等待反胃的感觉过去，直到适应了重力变化。这一回，不到两分钟就做到了。大卫仔细琢磨着，估计再经历几次重力转换，他就可以拥有农仔们所说的“重力腿”了。

他站起来，转身确定方向，随后却发现，他不由自主地完全被迷住了！

这是他第一次看到火星的夜空。那些星星本身都是地球上早已熟知的古老恒星，排列成各种熟悉的星座。从火星到地球的距离虽然很远，但却不足以改变遥远恒星的相对位置。然而，尽管恒星的位置并未改变，可它们的亮度却发生了天大的变化。

火星上稀薄的空气几乎没能弱化光线，却使它变得更加坚毅，如宝石般明亮。当然，这里没有月亮，至少不是地球所熟识的月亮。火星的两颗卫星，火卫一和火卫二，都是小东西，直径只有五到十英里，不过是在太空中自由翱翔的山脉。尽管它们离火星的距离比月球离地球更近，可它们看上去并不像月亮那样是个圆盘，天空中只是多了两颗星星而已。

他找寻着那两颗卫星，尽管心里其实意识到了，它们很可能都在火星的另一边。很快，在西方地平线的低处，他的视线捕捉到了另外一幕景观。他慢慢转过身去。那是迄今为止空中最明亮的物体，带着淡淡的蓝绿色基调，在他所见过的如天堂般美妙的场景里，没任何别的东西能与之相媲美。在它旁边，另有一颗天体，跟火星上缩略的太阳差不多大小，颜色更黄一些，本身也很亮，但跟那个璀璨夺目的邻居相比，就显得矮小多了。

大卫不需要星图来识别这一对天体。那是地球和月球，火星的一对“昏星”。

他挪开视线，在铅笔手电筒的照射下，那些露出地面的低矮岩石清晰可见，他转向岩石，开始步行。大块头告诉过他，要用岩石做向导。火星的夜间是很冷的，大卫遗憾地意识到，火星上的太阳在一亿三千万英里之外。在微弱的星光下，看不见沙车，或者应该说，几乎看不见。随后，他听到低低的引擎声，过了很久之后才看见沙车。

他喊道:“大块头！”小个子伙计应声从车里蹦了出来。

“老天啊！”大块头说，“我都开始觉得你是迷路了。”

“为什么开着引擎？”

“答案很简单，不这样，我该怎么做才能不被冻死？不过，我们是不会被人听见的。我了解这地方。”

“你拿到影片了吗？”

“拿到了吗？听着，我不知道你发出去的信息内容是什么，但他们五六个学者像卫星一样围了我一圈。然后是‘琼斯先生，这个’，‘琼斯先生，那个’。我说，‘我叫大块头’。然后，就变成‘大块头先生，如果您愿意的话’。不管怎么说，”大块头用手指打了一个钩，“在这一天结束之前，他们拿给我四部片子，两台放映机，一个跟我本人一样大的盒子，我还没打开过。而且，他们还借给我（或者，也许是送给我的礼物，因为我所知道的这一切）一辆可以把这些东西都放进去的沙车。”

大卫笑了笑，没有回答。他钻进温暖舒适的沙车中，很快，开始跟夜间飞逝的时间赛跑。他调好放映机准备放映，然后在每个放映机里都插入一张影片。原本直接看可能会更快，他也更愿意直接看，但即使在温暖的沙车内部，也依然必须戴面罩，覆盖在眼睛上的透明球状体使他无法在放映机里直接看影片。

沙车在夜色中缓缓前行，几乎是完全重复大检查当天格里斯沃德的小组路线。

“我不明白。”大块头说。他一直低声咕哝了整整十五分钟，现在他不得不提高音量，又重复了两遍，沉思中的大卫这才做出回应。

“不明白什么？”

“你在干什么，你要去哪儿。我觉得这也是我自己的事，因为从现在开始，我要跟你在一起。我今天一直在想，想了很多，威廉姆斯先生。马基安先生这几个月来，一直处于一种暴躁的情绪里，可在那之前，他压根儿就不是什么坏人。亨尼斯是那个时候进来的，把所有的人手重新洗牌。象牙塔里的学生仔本森突然就被膜拜了。在那一切开始之前，他根本就是个无名小卒，什么都不是，而现在，他可是权贵们真正的亲密伙伴。然后，最重要的是，你跑到这儿来了，而科学理事会已经准备好，你要什么就给你什么。我知道，这肯定是什么大事，而我也想参与一下。”

“你？”大卫说，“你看到我正在浏览的这些地图了吗？”

“当然了。那只不过火星的旧地图。我看过上百万次了。”

“有格子的那些呢？你知道那些区域代表什么？”

“任何一个农仔都能告诉你。那下面应该有洞穴，不过，我不信。我的观点是这样的。天哪，要是没人下去亲眼看看，究竟谁能知道，地下两英里的地方到底会不会有洞穴呢？告诉我。”

大卫没打算花力气向大块头描述地震学的科学原理。相反，他说：“听说过火星人吗？”

大块头开口了。“当然了。这都是什么问题啊——”随后，小个子握着方向盘的手猛地一抽，沙车发出了刺耳的摩擦声，车身一阵乱抖。“你是说，真正的火星人？火星的火星人，不是住在火星上跟我们一样的人类？在人类来到这里之前的火星人？”

他尖细而刺耳的笑声响彻车厢，当他再次喘不过气来的时候（很难在戴着头盔的情况下，同时大笑和呼吸），他说：“看来，你已经跟本森那家伙聊过了。”

听到对方乐成这样，大卫却依然一副严肃的样子。“你为什么这么说，大块头？”

“有一回，我们刚好逮到他正在读一本类似这种说法的书，我们把他绑起来，把他的裤子给脱了。天哪，他发火了。他说我们全都是愚昧无知的农民，我去字典里查了‘愚昧’这个词，然后跟那些孩子说了这个词是什么意思。有人说要搞他，闹了好一阵子。后来，可以说是纯偶然的，他被人推搡了几下，你懂我的意思，是那事之后，过了一段时间才发生的。后来，他再也不跟我们提任何有关火星人的事了，也没那个胆子。不过我猜，他觉得你是地球人，还会被这种跟彗星彗尾一样没价值的说法所吸引。”

“你肯定那是彗星彗尾一样没价值的说法？”

“当然了。不然还能是什么？人类已经在火星上好几百年了。没人见过火星人。”

“他们也许是在两英里之下的洞穴里。”

“也没人见过这些洞穴啊。另外，火星人一开始又是怎么来的？人类翻遍了每一寸土地，毫无疑问，哪儿都没见着有朝下走的楼梯，当然，也没电梯。”

“你能肯定吗？前几天我还见过一个呢。”

“什么？”大块头回过头来看了看他，问道，“开什么玩笑？”

“不是楼梯，但那是一个洞，而且至少有两英里深。”

“哦，你是说那个裂缝。胡说八道，那毫无意义。火星上到处都是裂缝。”

“没错啊，大块头，而且我还搞到了火星裂缝的详细地图。就在这里。有一件很有趣的事，貌似以前从来没人注意到。你不是给我带了些地理资料来吗？我几乎能从中一眼看出，没有一条裂缝能穿越哪个洞穴。”

“这又能证明什么？”

“这是有道理的。如果是你在建造密封的洞穴，你会想在屋顶上钻个洞吗？而且，还有另一层巧合。每条裂缝都靠近某个洞穴，但从来没有直接接壤，活像是火星人把缝隙当成了出入口，以进入那些建造中的洞穴。”

沙车突然停了下来。两张地图的全息投影依然打在内置屏幕的白板上，在放映机幽暗的灯光照射下，大块头一脸阴郁地望着车后座上的大卫。

他说：“等等，稍等片刻，我们这是要去哪儿？”

“去裂缝那里，大块头。格里斯沃德去过的那个地方，过去大约两英里。那里离马基安农场下面的洞穴最近。”

“我们到了那儿以后呢？”

大卫平静地说：“一旦到了那里，我就爬下去。”

# 9

# 进入洞穴

“你是认真的吗？”大块头问。

“非常认真。”大卫说。

“你是说——”他试图挤出一个笑容来，“真的有火星人吗？”

“如果我说有，你会信我吗？”

“不信。”他突然做出了决定，“但这并不重要。我说过我想参与，我不会退缩的。”沙车再次向前开去。

当沙车驶近裂缝时，火星天空暗淡的晨曦正开始照亮这森冷的景致。沙车之前已经爬了半个多小时，它强大的前灯探测着黑暗，恐怕，正如大块头所说的那样，他们发现裂缝的速度有点太快了。

大卫爬出沙车，走近那道巨大的岩缝。到目前为止，还没有光线照进来。那是地面上一个黑乎乎的不祥之洞，朝两边一直延展到看不见的地方，而对面的边缘是一条毫无特征的灰色突起。他把手电朝下照去，光束消失在一片虚无之中。

大块头走到他身后:“你确定就是这个地方吗？”

大卫环顾四周。“根据地图，这里是最接近洞穴的地方。我们离最近的农场区有多远？”

“要不了两英里。”

地球人点了点头。除非是大检查的时候，否则农仔不大可能接触这片区域。

他说:“那就不用等了。”

大块头问道:“不管怎么说，你打算怎么做？”

大卫早就拎起了大块头从温格勒德市那里拿到的箱子。他把箱子扯开，取出了里面的东西。“见过这些吗？”他问。

大块头摇摇头。他用戴着手套的拇指和食指拈起一小块。这是一副有丝般光泽的长绳，中间则有横档相接，间隔十二英寸。

“我猜，这是绳梯。”他说。

“是的，”大卫说，“但这不是绳子。这是一种纺制的硅树脂，比镁轻，比钢硬，而且几乎不受火星上可能遇到的任何气温的影响。大多数情况下，这是供月球使用的，那里的地心引力很低，山很高。而在火星上，它没什么大用，因为这是个相当平坦的世界。事实上，理事会能在本市找到一个，还真是运气。”

“这对你有什么好处？”大块头用手捋着绳梯，丈量着它的长度，直到绳梯最后变成一个粗大的金属球。

“小心，”大卫说，“要是安全锁没扣好，你可能会把自己弄伤的，而且会伤得很严重。”

他轻轻把绳梯从大块头手中接过来，用自己结实的手握住了那个金属球，同时，他扭动双手，反方向用力。一声尖锐的咔嗒声响起，可当他松手时，金属球似乎并未改变。

“现在，瞧着。”前方的火星土层很薄，消失在裂缝边缘，而悬崖边全是裸露的岩石。大卫弯下腰，将金属球在峭壁上轻轻按了一下。金属球随即泛出幽幽的红光，映照着清晨绯红的天空。他把手拿开，金属球仍然固定在那儿，以一种奇怪的角度保持着平衡。

“把它拿起来。”他说。

大块头看看他，弯下腰，拉了一下。有那么一阵子，他看上去很是困惑，因为金属球纹丝不动；随后，他用尽全力猛拉，可是，依然什么也没发生。

他愤怒地抬起头来：“你到底做了什么手脚？”

大卫笑了：“当安全锁打开后，任何在金属球上所施加的压力，都会释放一个细长的力场，大概十二英寸长，直接切入岩石。随后，力场会向每个方向扩展大约六英寸，形成一个 T 形。力场的边缘很钝，并不锐利，所以你拉不动，除非把这片岩石整个干掉。”

“那怎么把对方拿下来？”

大卫伸出手去，摸索着那一百英尺长的梯子，从另一端撸出一个类似的金属球顶灯。他拧了一下，随后在岩石上推了一把。它固定在那里了，过了大约十五秒，前面第一个顶灯跌落到它旁边。

“如果你激活了一个顶灯，”他说，“另一个就会自动停用。或者，当然，如果你调整了用于激活顶灯的安全锁，”他弯下身子做了一遍，“它也就停用了。”他把它举了起来，“而另一端则不会受到影响。”

大块头蹲了下来。这两个顶灯原来所在之处，如今出现了一道大约四英寸长的狭缝。缝隙太窄了，他甚至无法把指甲插进去。

大卫·斯塔尔开始说话：“我有足够一个星期的水和食物。不过，恐怕我的氧气撑不过两天，但无论如何，你得等我一个星期。如果我没能回来，那么，这就是你要交给理事会总部的信。”

“等等，你该不会真的以为，这些童话故事里的火星人——”

“我指很多事。我的意思是说，我可能会滑倒，绳梯可能会出问题，我可能不小心把它锚定在有断层的岩石上。任何事都有可能发生。那么，我能依靠你吗？”

大块头看起来很失望。“可是，那些都还算是不错的情况了。而在你冒险的时候，我就该坐在这里，干等着吗？”

“这就是团队合作。大块头，你懂的。”

他俯身在裂缝边缘。太阳从他们面前的地平线上渐渐升起，天空由黑变紫。然而，这条裂缝仍然是一个令人望而生畏的黑暗深渊。火星上稀疏的大气并没能很好地散射阳光，只有当正午太阳直射头顶时，裂缝里那道永恒之夜才会被暂时驱散。

大卫坚定地把绳梯扔进裂缝里。它的纤维材质没发出任何声音，只在岩石上摇晃着，全靠牢牢抓住岩石悬崖突起处的把手支撑着。一百英尺之下，他们能听到另一端顶灯发出了一两声撞击岩壁的声音。

大卫用力拉住绳子，测试了一下它的抓力，然后用手抓住最上面的横档，攀下深渊。那是一种羽毛飘浮于半空中的感觉，以不到地球一半的重力加速度飘落下来，但也就这样了。考虑到他所携带的两个氧气瓶，每个氧气瓶都是农场中最大的，所以他的实际重量并未远低于地球正常水平。

他抬头望向上空。大块头瞪着他，双眼圆睁。大卫说：“现在，离开这里，去把车开走。把放映机和影片都还给理事会，把小型摩托车留下。”

“好。”大块头说。所有沙车都装有应急踏板车，可以依靠自己的动力行驶五十英里。那些踏板车开起来并不舒服，根本没有任何保护措施来抵御寒冷，而且，更糟的是，根本无法抵御尘暴。可尽管如此，当沙车在离家数英里的地方抛锚时，使用应急踏板车还是比干等着被人找到要好。

大卫·斯塔尔向下看了看。太黑了，看不到绳梯的尽头，其光泽在一片灰暗中闪烁着。他让双腿自由悬荡在空中，一边数着，一边抓住绳梯的横档，继续沿着崖壁向下缒。到了第八十个梯级，他伸手够到了绳梯末端，随后用一只胳膊钩住绳梯的横档，腾出双手，把身下的绳梯卷回来。

当下面的顶灯落入他手中时，他伸手到右侧，把它固定到岩壁上。顶灯留在那个位置不动了，他用力猛拉了一下，很结实。随后，绳梯从新锚定的位置荡了下去，他则飞快地从原来的位置一跃而起，换到新位置。他的一只手依然留在原处，等着上面的绳梯落下来。抓到绳梯之后，向外甩去，这样一来，当顶灯从上面掉下来的时候，会离他的身体比较远。

他感觉到轻微的钟摆效应作用在他自己身上，就像那盏顶灯一样。三十秒之前，它还在裂缝的边缘，如今却在火星地表之下一百八十英尺的地方来回摆动。他抬起头来，可以看到一大片紫色的天空，可他知道，每下一个台阶，那道天空就会变得更窄。他一路向下，每隔八十级就重新锚定一次，一开始是在旧锚定处的右边，后来改成左边，维持着一条笔直向下的通道。

六个小时过去了，大卫再次停下来，吃了一口浓缩干粮，又从水壶里喝了一大口水。在休息的时候，他唯一能做的就是用脚钩住横档，放松手臂上的压力。在整个下降过程中，没有任何地方，能有足够大的水平岩架来让他歇口气。至少，在他的手电照得到的地方，看不到。

就其他方面而言，这可不好。这意味着，向上的旅程（假设会有返程），将不得不极其缓慢地，一节一节地，根据人能跳到的高度，慢慢往上跳。这确实可以做到，而且已经在月球上得到了证明。可在火星上，重力加速度比月球上大了两倍多，进程会慢得可怕，远比今天朝下跳的速度慢得多。基于此，大卫严肃地意识到，这已经够慢的了。他下到现在，也不过在地表之下不到一英里之处。

下面只有一片黑暗。朝上看，那一片狭长的天空变亮了。大卫决定等等看。根据他的地球时间表，已经是十一点了，而这在火星上具有相当重要的意义，因为火星的自转周期只比地球多了半个小时。太阳很快就会升起。

他清醒地认为，火星洞穴图，充其量不过是利用振动波的原理，在火星地表之下估出了一个粗略的数值。系统毕竟会存在非常微小的误差，其实很有可能他距离洞穴的真实入口有数英里之遥。

而且，也可能根本就没有入口。这些洞穴可能纯粹是自然现象，就像地球上位于美国西部的卡尔斯巴德洞[①]。当然了，不同之处就在于，这些火星洞穴横跨了数百英里。

他等待着，几乎昏昏欲睡，松松垮垮地悬于一片虚空之上，周围是无尽的黑暗和沉寂。他活动着麻木的手指，即使戴着手套，火星上也依然冷得要命。当他下行时，活动还能让他觉得暖和一点儿，而静静等候的时候，冰冷的气息就会立刻袭过来。

为了不被冻僵，他几乎要决定重新开始爬了，这时，他看到了第一线淡淡的曙光。他抬起头，看到淡黄色的阳光正徐徐落下。太阳来了，越过缝隙边缘，进入他视线所及的一线天之中。大概过了足有十分钟，光线才达到最强，整个燃烧的球体都变得清晰可见了。尽管，在一个地球人的眼里，太阳看上去很小，它的直径只有裂缝开口的四分之一。大卫知道，光线会持续半个小时或更短，而那之后，黑暗会重返这里，直到二十四小时之后。

---

① 一个巨大的深洞，以丰富多样的矿物质而著称。

他飞快地四处张望，一边荡来荡去。这条裂缝的岩壁一点儿也不直。它呈锯齿状，但到处都是垂直的。就好像是用一把卷得很厉害的刀子，生生在火星大地上砍出一道口子，只不过是直直地砍下去了。这里距离对面的岩壁要比在地表时近了很多，但大卫估计，至少还要再往下一到两英里，才能到足以够到对面的程度。

不过，这一切都毫无意义。什么都没有！

随后，他就看到了一团黑。大卫的呼吸开始变得急促起来。其他地方，到处都是大片大片的黑暗。凡是有突出岩石投下阴影的地方，就会是一片漆黑。可就是这个小块，它是长方形的。它有着完美的，或者看起来完美的，完全准确的直角。这肯定是人造的，就像一扇以某种方式嵌在岩石上的门。

他飞快地抓住梯子的下旋钮，朝着那个方向，把它尽量朝他够得到的远处伸过去，当另一个旋钮落下的时候他会接住它，再把它安在同一个方向上更远一点儿的地方。他尽可能快地轮换操纵着两个旋钮，疯狂地希望太阳能顶住，希望那一小块黑并不是某种幻觉。

太阳已经越过了裂缝，如今正挨到他所悬的那面岩壁的边缘。他所面对的岩石，原本是橙红色的，现在又再次变回了灰色。但另一面岩壁上依然有光，他可以看得很清楚。他距离那里只剩下不到一百英尺远，每次交替操纵绳梯的旋钮都会把他拉近一米。暮光沉沉，最后的阳光顺着对面的岩壁一点点缩上去了，当他终于够到那个方块边缘的时候，暮色即将降临。那是嵌进岩石里的一个洞，他戴着手套的手指紧贴着洞的边缘，很光滑。边线既没缺陷，也没瑕疵。这肯定是由某种智慧生命造出来的。

他不再需要阳光了。手电筒小小的光束就已经足够了。他把梯子甩进凹陷处，当他放下旋钮时，他感觉到那个旋钮撞在下面的岩石上，发出了刺耳的响声。一个水平的平台！

他迅速下降，几分钟后，他发现自己站在岩石上。六个多小时以来，这是他第一次脚踏实地。他找到了那盏未被激活的顶灯，把它插进岩石里，与腰齐高，拉下梯子，然后调整安全栓，再把顶灯拔出来。这是六个多小时以来第一次，梯子两端都处于空闲状态。

大卫把绳梯绕在自己的腰和手臂上，环顾四周。悬崖侧壁上的洞穴大约有十英尺高，六英尺宽。他用手电筒照路，走了进去，面前是一块光滑而结实的石板，挡住了去路，无法继续前进。

这东西，依然是智慧生命的作品，肯定是的。但同样，这也依然是阻碍进一步探索的有效屏障。

突然，他的耳朵感到一阵剧痛，他猛地转过身来。只可能有一种解释。不知怎的，他周围的气压正在增大。他退了回去，毫无意外地发现，走进来的那个洞口已经被之前并不存在的岩石堵住了。它悄无声息地滑到了指定位置。

他的心跳得很快。显然，他正身处某种气闸之内。他小心翼翼地摘下面罩，试探着呼吸新鲜空气。肺部感觉良好，而且，很暖和。

他朝前走到那块石板前，信心满满地等着它升起来，消失。

确实如此，但这花了足足有一分钟的时间。大卫觉得他的手臂突然被紧紧地压在身体上，仿佛是被钢索套住，收紧了。他刚喊了一声，随即，他的双腿也在同样的压力下被挤到一起去了。

因此，当里面那扇门打开的时候，进入洞穴的阳关道就在他面前，可大卫·斯塔尔却动弹不得，无论是手，还是脚。

10

# 太空游侠的诞生

大卫等待着。对着空荡荡的空气，没什么可说的。可以断定，那些建造了洞穴的实体，那些以如此无形的方式使他无法移动的实体，完全有能力打出任何牌来。

他感到自己从地面升了起来，慢慢向后倾倒，直到他的身体与地板平行。他试图抬起头，却发现几乎无法动弹。缚住他的带子并非像箍住他四肢的束缚带那样紧绷，更像是柔软的橡胶带，但也仅此而已。

他开始平滑地向内移动，仿若进入了温暖、芬芳、可呼吸的水中。当他的头部，也就是他整个躯体的最后一个部分离开气闸时，他陷入了没有梦的沉睡之中。

大卫·斯塔尔睁开眼睛的时候，没感觉到任何时间的流逝，但是，却感知到身边有某种生命体。他说不上来，那种感知究竟是以什么形式呈现的。他先是感知到了热度，如同地球上一个炎热的夏日。然后，他发现周围环绕着淡淡的红光，肉眼几乎难以察觉。他转头四处张望，透过微弱的光线，隐约能辨认出这个小房间的墙壁。到处都没什么动静，到处都没有生命迹象。

然而，这附近一定有某个强大的智慧生命正在施加作用。大卫能感觉得到，以某种他无法解释的方式。

他小心翼翼地尝试移动一只手，那只手没费什么力气就抬了起来。他惊讶地挺直身子，发现自己正坐在一个平台表面，说不上是凹还是凸，朦朦胧胧中无法分辨。

突然传来一个声音。“这个生物意识到了它周围的——”陈述的最后部分是一堆毫无意义的杂音。大卫找不到声音究竟来自哪个方向。它从四面八方涌过来，无所不在。

第二个声音响起。声音略有不同，尽管差异不大。不知为什么，这个声音听上去更温柔，更柔顺，也更女性化。“你好吗，生命体？”

大卫说：“我看不见你。”

第一个声音（大卫认为这是个男性）再次响起。“那就是我跟你说过的——”又是一阵杂音，“你还没有足以看到精神体的装备。”

最后一句话有些模糊，但对大卫来说，听上去好像是“看到精神体”。

“我能看见物质的存在，”他说，“但这里几乎没有足够的可见光。”接着，是一阵沉寂，仿佛那两个人正在相互交谈，随后，某个物体被轻轻塞进大卫手里。

那是他的手电筒。

“拿着这个，”那个男人的声音说，“光线对你来说有什么意义吗？”

“怎么了？那当然。你不明白吗？”他打开手电，飞快地把光照在自己身上。房间里空荡荡的，没有生命体，非常空旷。他身下的台子对光而言是透明的，离地四英尺高。

“就像我说的那样，”女人的声音激动地说，“这种生物的视觉是由短波射线激活的。”

“但这个仪器的大部分射线都是红外的。根据我的判断——”另一个声音抗议道。那声音继续嚷嚷着，周围的灯光明亮起来，先是橙色，然后是黄色，最后是白色。

大卫说：“你能让房间也凉快一点儿吗？”

“但它已经被很仔细地调节到跟你的体温一致了。”

“尽管如此，我还是希望能凉快点。”

至少，他们还算配合。一股凉风扫过大卫，令人神清气爽。温度下降到二十一摄氏度的时候，他让他们停了下来。

大卫想道：我觉得，你们是在直接跟我的思想交流吧。这大概就是为什么我仿佛是在听你讲国际通用英语。

男性声音说："最后一句话有杂音，但毫无疑问，我们确实正在交流。不然还能怎么办？"

大卫暗自点头。这就是为什么偶尔会出现噪声般的模糊。当某个词语被使用时，如果他自己的脑子里找不到相应的词，就会被当成噪声来接收，因此变得模糊，停止思考。

女性声音说："在我们种族的早期历史中，曾经有过这样的传说——我们的心灵曾经对彼此封闭，所以那时候，我们靠眼睛和耳朵所承载的信号来交流。你的问题我帮不上什么忙，可我不禁想问，这是否也是你那个部族自身的真实情况，生命体？"

大卫说："确实如此。我被带进山洞多久了？"

男性声音说："还没到一个行星自转周期。我们为给你造成的不便表示歉意，但这是我们第一次有机会来研究一个新型地表生物活体。在这之前，我们曾经救回来好几个生命体，其中一个就在不久前，但没有任何一个仍有生理机能，而从中获取的信息数量，不可避免地极其有限。"

大卫揣测着，不知道格里斯沃德是否就是那具新近被捞回来的尸体。他谨慎地说："你们对我本人的检查结束了吗？"

女性声音很快做出了应答："你害怕受到伤害。你心中有一种很清晰的感觉，你担心我们可能会非常野蛮，以至于为了获取知识而干扰你的生存机能。这太可怕了！”

“如果我冒犯了您，很抱歉。不过，那也仅仅是因为，我不熟悉你们的行事手法。”

男性声音说：“我们知道我们所需要的一切。我们完全有能力对你的身体进行分子级别的研究，而无须任何身体接触。有证据证明，我们的心理机制都相当充分。”

“你所指的这些心理机制是什么？”

“你熟悉由物质到精神的变化吗？”

“恐怕不太了解。”

停顿了一下，随后，那个男性声音简短地说：“我刚刚研究过你的思维。从结构上看，你所掌握的科学原理，恐怕，还不足以让你理解我们的解释。”

大卫觉得很尴尬，他说：“很抱歉。”

男性声音继续说：“我想问你一些问题。”

“问吧，先生。”

“你刚才那句话里，最后那个部分是什么意思？”

“不过是一种体面的称呼罢了。”

短暂的停顿。“哦，是啊，我明白了。你们依据对话方的身份，把你们的交流信号复杂化了。奇怪的风俗。但我没时间可以耽搁了。告诉我，生命体，你散发着巨大的热量。你是生病了吗？或者，这是正常现象？”

“这很正常。你们检查过的尸体，毫无疑问，其体温会与他们周围的环境温度相同，不管温度是多少。这毋庸置疑。但是，当我们的生理机能依然正常工作的时候，我们的身体会保持在某个最适合我们的恒定温度。”

“这么说，你们并非本星球的本地生物？”

大卫说：“在我回答这个问题之前，我可以先问一下吗？如果我们源自另一个星球，你们对像我这样的生物，会持什么态度？”

“我向你保证，你和你的同类对我们来说，无关紧要，除非你们引起了我们的好奇心。从你的思想我看得出，你对我们的动机感到非常不安。我看得出，你害怕我们会怀有敌意。放弃这些想法吧。”

“你能不能不要老去读我在想什么？那么，就我的问题而言，你的回答是什么？你为什么单单质疑我？”

“在缺乏精确交流的情况下，我只能读懂情绪和一般性的态度。但是，既然，你是个生命体，又无法理解这一切，为了获得准确的信息，沟通必须出于自愿。如果这么做有助于让你放松思想，就让我来告诉你，为什么我们有充分的理由相信，你属于非本行星的外来物种。首先，跟其他任何已知存在于这个世界地表上的生物相比，你的生物组织都与它们完全不同。而你的体温也表明你来自另一个世界，一个更温暖的世界。”

“你说得很对。我们来自地球。”

“我听不懂你所说的最后一个词。”

“比起这颗行星来，距离太阳更近的那个。”

“原来如此！太有意思了。我们的种族在大约五十万个公转周期前退入洞穴时代，那时候，我们知道你们的星球开始孕育生命，尽管可能不是智慧生命。那个时候，你们是智慧种族吗？”

“那时候还不是。”大卫说。自火星人离开他们的星球表面以来，已经过去了一百万个地球年。

“这真是太有趣了。我一定要把这个报告直接交给中央精神理事会。来吧。”

“让我留下来吧。我想和这个生命体进一步交流。”

“随你的便。”

女性声音说：“给我讲讲你们的世界吧。”

大卫畅所欲言，他感到非常愉快，几乎心旷神怡，不知倦怠。

怀疑的情绪消失了，他不再有任何理由不如实而充分地回答问题。这些生命是善良和友好的。他滔滔不绝地讲述着。

随即，她放开了对他思想的控制，而他突然停了下来。他愤怒地说："我刚刚都说了些什么？"

"没什么不好的，"女性声音向他保证道，"我只不过是压抑了你思想上的自我钳制而已。这么做是违法的，如果他在这里，我是不敢这么做的。但你只是一个生命体，而我很好奇。我知道，你的疑心太重了，如果我不帮你一点点的话，你是不会说的。可你的疑心非常不合时宜。只要你们不来打扰我们，我们决不会伤害你们这些生命体。"

"可我们已经打扰到你们了，不是吗？"大卫问道，"我们占领了你们的星球，从头到尾。"

"你还是在考验我。你不信任我。我们对这颗行星的地表不感兴趣。这里就是家。然而——"女性声音似乎有点想入非非，"从一个世界旅行到另一个世界，肯定会有某种悸动的情怀。我们很清楚，宇宙中有很多行星，很多太阳。想一想，你这样的生物正继承这一切。这一切是如此有趣，以至于我会一次又一次地感激你，我们感知到你正笨手笨脚地朝我们走来，所以及时为你打开了一道口子。"

"什么？！"大卫不禁大叫起来，尽管他知道，声带发出的声波不会引起注意，只有他的思想会被感知。"是你打开了那道口子？"

"不是我一个人，他也帮忙了。因此，我们才被赋予这个机会来调查你。"

“但你们是怎么做到的？”

“怎么了？就是通过意念啊。”

“我不明白。”

“可这很简单啊。难道你无法看到我思想中的这些吗？哦，我忘了。你是个生命体。瞧，当我们退居到岩洞里时，我们被迫销毁了成千上万立方公里的物质，以便在地面之下为我们自己创造生存空间。没地方可以保留物质，因此，我们转为能量体，然后——”

“哦，不，不，我没能跟上你的思路。”

“你不明白吗？在这种情况下，我唯一所能说明白的就是，能量以某种方式被储存，以至于，可以通过思维被汲取，并被保存下来。”

“可如果，曾经存在于这些巨大洞穴内的，都已经被转化成能量体——”

“这是个很大的工程，当然了。我们已经以这种能量形式生活了五十万个公转周期，而根据计算，我们还足以再过两千万个公转周期。甚至在我们离开地表之前，我们就已经研究过精神和物质的关系；其实，自从我们进入洞穴之后，我们已经完善了科学体系，以至于，从某个角度而言，但凡是与个人使用相关的物质，我们都已经完全抛弃了。我们是纯粹由精神和能量构成的生命体，永生不死，但也不会再有新人出生。我和你都在这里，可既然你看不到精神体，也就意识不到我的存在，除非是通过你的精神力量。”

“但毫无疑问，你们这样的人，肯定有能力自己继承整个宇宙。”

“你担心我们会和你们这样可怜的物质生物去争夺宇宙吗？我们会为了在群星中争夺一席之地而战斗？真傻。整个宇宙都跟我们在一起。我们有自己就已经足够了。”

大卫沉默不语。随即，他慢慢地把手放在头上，因为他有一种感觉，某种纤细的触须，正轻轻触碰着他的心灵。这是他第一次有这种感觉，而他退缩了，避开了这种亲昵感觉。

她说：“再次抱歉。但你是个如此有趣的生命体。你的思想告诉我，你的同胞们正处于极大的危险之中，你怀疑我们可能就是原因所在。我向你保证，生命体，事实并非如此。”

她说得很简单。大卫没别的办法，只能相信。

他说：“你的同伴说，我的生物化学组织与火星上的任何生命都完全不同。我能否问一下，怎么不一样？”

“你们是由含氮物质组成的。”

“蛋白质。”大卫解释说。

“我不懂那个词。”

“那你们的生物组织是由什么构成的？”

“是——这是完全不同的。事实上，完全不含氮元素。”

“那你们就没办法给我提供食物了吗？”

“恐怕不行。应该说，我们星球上的任何有机物质，都会很快变成对你们有毒的。我们可以制造符合你们生命形态的简单化合物来喂养你，但组成你身体组织的复杂含氮物，我们没怎么研究过，实在超出了我们的知识体系。你饿了吗，生命体？”她思想中的同情和关心是显而易见的。（大卫始终是把它当成一个声音来想象的。）

他说：“目前，我还有我自己的食物。”

女性声音说：“一想到你只是一个生命体，我就觉得不舒服。你叫什么名字？”然后，她仿佛是害怕大卫不理解，补了一句，“你的同伴是如何识别你的？”

“我叫大卫·斯塔尔。”

“除了斯塔尔这个词，似乎是指宇宙中的恒星太阳，其他的我都听不懂。他们这么叫你，是不是因为你是穿越太空的旅行者？”

“不是。我们人类中有很多人都在太空旅行。‘斯塔尔’这个词在这里没有什么特殊含义。这就是一个简单的发音，用来识别我，就像你们的名字也只是简单的发音。至少，你们的名字在我的意识里无法形成图片，我无法理解。”

“太可惜了。你应该有一个具有辨识度的名字，能表明你是个穿越太空的旅行者；以你们的方式，从宇宙的一端到另一端。如果我是像你这样的生命体，我觉得叫‘太空游侠’会比较适合。”

就这样，尽管他看不见，也永远无法看见对方的真实形态，但正是从这个精神生命体的嘴里，大卫·斯塔尔第一次听到了这个名字，而这个名字，终将成为整个银河系对他的称谓。

# 11

# 尘暴

一个低沉而缓慢的声音出现在大卫的脑海里。它庄严地说:“向你致意，生命体。刚给你取了一个好名字。”

女性声音说:“我给你开道。”他能感觉到，曾经联结在他精神上的那一丝微弱的触点已然消失，毋庸置疑，那个女性声音的主人已经不再与他有精神接触了。他警惕地转过身，再次挣扎在错觉中，以为这些声音是有方向的，而他发现他那未经考验的头脑，仍然试图以旧的不合时宜的方式，来解释那些它之前从未接触过的东西。声音并非来自任何方向，那当然了。它就在他脑海中。

那个声音低沉的生命体评估了一下其中的困难。他说:“你感到很困扰，因为你的感官无法感知到我，但我不希望你为此困扰。我可以采用物质化的外表，外观就跟你自己一样，但那将是一个很简陋的、不体面的假象。这样足够吗？”

大卫·斯塔尔看着一个微弱的光影出现在他面前的空气中。那是一道柔和的蓝绿色光带，大约七英尺高，一英尺宽。

他平静地说：“已经足够了。”

低沉的声音说：“好！现在，让我来解释一下我是谁。我是这里的行政长官。当然，我收到了一份报告，说是捕获了新地表生命的活体样本。我会检查你的思想。”

对大卫来说，这位新来的官员就是一片杂音，仅此而已，但毫无疑问地，他已经完全感受到了伴随它而来的尊严和责任。然而，他坚定地说：“我更希望你留在我脑海之外。”

“你的稳重，”那低沉的声音说，“是可以理解的，并且值得称道。我应该解释一下，我的检查仅限于对外部边缘做最小心的探查。我会非常谨慎地避免任何侵犯你内心隐私的行为。”

大卫毫无用处地绷紧了肌肉。有好一阵子，什么动静也没有。之前那个女声的主人在探查他的时候，还曾经有种虚幻的羽毛般的触感，而今，面对这种更新、更有经验的探查，他竟然毫无知觉。然而，大卫还是意识到了，虽然他并不知道自己究竟是如何意识到的，他的思维被小心翼翼地打开，随后关闭，没有丝毫的痛苦或扰断。

那个低沉的声音说：“非常感谢，你将很快被释放，回到地表。”

大卫挑衅地说：“你在我的心灵深处发现了什么？”

“足以让我为你们这些小朋友而感到遗憾了。我们这些内在的精神生命体也曾经跟你们一样，所以我们对此有一定的了解。你们已经跳出了宇宙的平衡。你有一个充满疑问的头脑，希冀去了解那种模糊的感觉，却并非去寻找真正能揭示真相的更真实、更深刻的感受。你们徒劳地追寻包围着你们的阴影，而与此同时，你们驾驭着飞船穿越太空，到达银河系最外层的边缘。正如我之前所说的，你的名字起得很好。你们才是真正的太空游侠种族。

“可你们所指的势力范围又有什么用呢？真正的胜利出自内心。为了理解物质世界，你们必须先从物质世界中脱离，就像我们一样。我们已经离开了群星，转向自我。我们已经摈弃了自己的躯体，退回到我们洞穴的大同世界里。对我们来说，不再有死亡，除非是某个心灵想要得到休憩；或者是出生，当某个心灵要去休憩时，必须有替代者。”

大卫说：“然而，你们自己并不满足。你们中还会有些人感到好奇。之前与我交谈过的那个生命就希望能了解地球。”

“……是最近才出生的。她的岁数还不到一百个公转周期。她对思维模式的控制还不够完善。我们这些成熟的人，很容易就能够设想出，你们地球历史上所有可能出现的、各种各样的生命形式。对你们自身而言，只有几种是你们可以理解的，而我们经历过无数岁月，可以穷尽你们这个世界所有可行的演化路线，每条路线都跟你们如今的现实世界一样令人着迷，充满刺激。假以时日，你们就会明白，世界本性如此。”

“然而，您自己却依然不厌其烦地检查了我的思想。”

“那是为了证实我先前所怀疑的事。你们的种族具有成长潜力。在最好的情况下，你们只需要一百万个我们的星球公转周期，就可以达到精神生命体的境界，而这对宇宙生命而言不过是一瞬间的事。这太好了。我的种族将在永恒之中拥有一个同伴，而合作将使我们双方都从中获益。”

“你是说，我们可能会成功？”大卫谨慎地说。

“你们的物种有某些我的族人从未有过的倾向。从你的思想中，我可以轻易看出，有某种反对整体利益的倾向。”

“如果你说的是犯罪或者战争之类的事，那么，你可以从我的思想里看到，其实绝大多数人都在与反社会倾向做斗争，尽管我们对抗反社会行为的进展有些缓慢，但这毫无疑问。”

“我看到了。我看到的更多。我还看到，你自己也渴望维护全体人民的福祉。你有一个强大而健康的精神，就其本质而言，我不会后悔把你变成我们中的一员。我很愿意帮助你奋斗。”

“怎么做？”大卫问道。

“你的思想中再次充满怀疑。放松一下你的紧张情绪吧。我所说的帮助并非通过个人干涉你们人类的活动，我向你保证。那种干涉对你们来说是无法理解的，对我自己来说也是不光彩的。不如，由我来指出你自己最清楚不过的两个不足之处吧。

“首先，既然你们由不稳定成分构成，因此，你们是一种不存在恒态的生物。你们用不了多少个行星公转周期就会腐朽，甚至分解。不仅如此，在那之前，你们就会面临成千上万种威胁和压力，任何一个没扛住，你们就会死。其次，你觉得，你最好是在保密的环境下开展工作，然而就在不久前，尽管你已经伪装成了完全不同的身份，可你的同伴却还是认出了你的真实身份。我说的是真的吗？”

大卫说：“是真的。但你又能做什么呢？”

低沉的声音说：“一切都已经完成了，就在你手中。”

随后，大卫·斯塔尔发现自己手中正握着一个质地柔软的东西。他的手指几乎就要松开任它落下了，他这才意识到自己正握着什么。那是一条几乎没有重量的……呃，那是什么？

低沉的声音平静地回答了他未说出的念头。“它既非纱，也非布，不是塑料，也不是金属。这根本不是你头脑中所理解的那种物质。把它盖在你的眼睛上。”

大卫照他说的去做了，那东西从他手中跳了出来，仿佛它自己原本就是个活物。它轻柔而热情地弯起来，覆上他的前额、双眼和鼻子，紧贴所有面部结构；然而，却并不妨碍他呼吸或眨眼。

“你做了什么？”他问道。

话还没说出口，他面前就出现了一面镜子，这是用能量制造出来的，就像思想本身一样无声而迅速。他只能从中依稀看到自己。他一身农仔服，从长筒靴到大翻领的夹克，透过一层不断变化着的暗雾显现了出来。那似乎是一股薄烟，在空中飘荡着，却又永远不会消失。从他的上嘴唇到头顶，一切都消失在一片微光中，光芒闪烁着，不会让人觉得耀目，但也看不到任何东西。他正盯着端详，镜子消失了，又回到了能量储存的地方，这点能量原本只是临时被抽出来用一下。

大卫疑惑地问道：“这就是我在别人面前呈现出来的样子吗？”

“是的，如果那些人只有你自己的那种感官。”

“但我还是看得很清楚。这意味着光线进入了防护罩。为什么它们不用挪开就能露出我的脸呢？”

“它们确实挪开了，正如你所说的那样，但它们在这个过程中被改变了，只是当你照镜子的时候才展现出来。要想恰当地解释这一点，我必须用到你脑中所缺乏的概念。”

“那剩下的呢？”大卫的手在环绕他的烟雾中缓缓移动着，却什么也感觉不到。

低沉的声音再次回答了他无声的思想。“你什么也感觉不到。尽管如此，于你们而言，那如烟的不过是一种阻碍短波射线的屏障，比分子大的物质都无法通过。”

“你的意思是说，这是个人的力场护盾？”

“这是一种粗略的描述，是的。”

大卫说：“天哪，这不可能！已经有明确的证明，任何可以随身携带的机器，都无法产生足够的微型力场，以保护这个人抵抗射线或物质的作用力。”

“对于你们所能进化出来的任何科学来说，确实如此。但你所戴的面具并非能量源。相反，它是一个能量储存装置，举例而言，以我们这个行星跟太阳的距离，只要暴露在太阳射线之下，很快就足以获得能量。更进一步来说，它是一种靠精神控制释放能量的装置。因为你自己的精神不足以控制这种力量，所以，它已经被调整到符合你精神控制的模式，需要时可以自动操作。现在，取下面具吧。”

大卫抬起一只手到眼睛上面，再一次，顺应着他的意念，面具掉了下来，在他的手里只是一条薄纱。

低沉的声音最后一次响起：“而现在，你必须离开我们了，太空游侠。”

正如可以想象的那样，那个精神体轻轻地离开了大卫·斯塔尔。没有任何过渡，他突然间就恢复了意识。意识完整地回来了。没有片刻的犹豫，毫无“不知身在何处”的感觉。

他确信，自己正好好地双腿直立，站在火星地表；他又重新戴着面罩，正通过面罩呼吸；他身后就是来时的那个裂缝边缘，就在那里，他放下绳梯开始下滑；而在他左边，半掩在岩石间的踏板车，就是大块头给他留下的。

他甚至知道他被重新送回地表的确切方式。这不是记忆，而是有意植入他脑海中的信息，可能是一种手段，为了最终给他留下深刻印象，让他牢牢记住火星人在物质能量转换方面的力量。他们为他挖了一条通往地面的隧道。他们对抗地心引力，以近乎火箭般的速度，把他抬了起来，将他身前坚硬的岩石一路转换成能量，然后等他过去之后，再从能量凝结为岩石，直到他再一次站在行星地表之上。

他的脑海中甚至还有些只言片语，他从未在有意识的情况下，亲耳听到过这些话。是洞穴里的那个女声，这些字词组合在一起就是：“别害怕，太空游侠！”

他向前迈了一步，意识到在下面的洞穴里为他准备的温暖而类似于地球的环境，已经不复存在了。相比之下，他觉得冷得多了，而风却比他以往任何时候在火星上见识过的都要猛烈。太阳低垂在东边，就跟他刚从裂缝下去的时候一样。那是前一天的黎明吗？在失去意识的过程中，他无法判断时间的流逝，但他确信从他下去到现在，应该还没超过两次破晓。

天空变得有点不太一样。天似乎更蓝了，太阳更红了。大卫若有所思地皱了一下眉头，然后耸了耸肩。他渐渐习惯了火星的景色，仅此而已。习惯之后，一切就开始变得越来越熟悉，他是在用老的地球模式来解读。

当务之急，最好是立刻启程，返回农场穹顶。这种踏板车可跟沙车没法比，开不到沙车那么快，开起来也不舒服，花在这上面的时间越少越好。

他在岩石群中做了粗略的观察，并因此觉得自己已经是个老手了。农仔们就是用这种方法找路的，一路横穿看似无路可循的荒漠。他们会沿着一块岩石（看上去像帽子上放了个西瓜）前进，朝着那个方向，直到跟另一块岩石（看起来像一艘有两台偏心喷气发动机的宇宙飞船）平行，从两块岩石间穿过去，前面还有一块岩石（看起来就像是上面嵌了一个炉子的箱子）。这是一种简单粗暴的方法，但无须借助任何工具，只需要记忆力和丰富的想象力，而农仔们在这方面可什么都不缺。

大卫是按照大块头推荐的路线回来的，最快，而在不那么明显的地形中，也几乎没有出错的可能。踏板车一路颠簸，一碰到山脊就疯了一般被弹起来，一转向就尘土飞扬。大卫骑在上面，脚跟牢牢地插在专供踩脚用的插槽里，两只手各自紧紧地拉着金属转向带。他并未设法放慢速度。即使翻车了，在火星重力的作用下，他自己也不大可能会受伤。

还有另一个原因阻止他放慢速度：他嘴里有一股奇怪的味道，而从颌骨侧面，沿着脊椎向下，都隐约有发痒的感觉。他嘴里好像有些沙子，他厌恶地回头看了看身后，就像火箭喷射装置一样，一路扬尘。奇怪的是，尘土竟然会向前移动，围绕在他周围，充斥在他嘴里。

向前移动，四面八方？！天哪！就在那一瞬间，他突然意识到了那是什么，于是，仿佛有一只冰冷而令人窒息的手，紧紧扼住他的心脏和咽喉。

他放慢了踏板车的速度，朝着一个岩石嶙峋的山脊前进，在那里扬不起灰尘来。他在那边停了下来，等着空气变清澈。然而，并未发生任何变化。他搅动舌头，品着嘴里的味道，原本细微的粉尘，如今越来越粗糙，于是，他缩回舌头。大卫望向那更红的太阳和更蓝的天空，开始有了不同的理解。大体说来，是空气中的一般性尘埃散射了更多的阳光，减少了太阳光谱中的蓝色调，而使天空变得更蓝。他的嘴唇越来越干，发痒的面积不断扩大。

毋庸置疑了，他带着坚定的决心，扑在踏板车上，以最快的速度冲过岩石、沙砾和尘土。

沙尘！

沙尘！

即使在地球上，人们也很熟悉火星尘暴的存在，而这跟地球沙漠中的尘暴比起来，仅仅是名字听上去有点类似。这是太阳系中已知的最致命的风暴。在火星历史上，从来没有任何一个人，像大卫现在这样，没有沙车的保护，距离最近的避难所几英里，能在尘暴到来时得以幸存。曾经有人在离穹顶不到五十英尺的地方滚来滚去，垂死挣扎，就是无法跨越这段生死距离，而周围的人既不敢，也不能在没有沙车的情况下前去救援。大卫知道，他和同样痛苦的死亡只有几分钟的距离。在他的面罩和脸部皮肤之间，沙尘已经无情地漫延起来，他完全感觉得到，自己的双眼被刺激得开始不停地眨动、流泪。

## 12

# 失落的碎片

火星尘暴的本质还不是很清楚。就像地球的月亮那样，火星地表在很大程度上被细尘所覆盖。与月球不同，火星拥有能够搅动尘埃的大气层。通常这不是什么严重的问题。火星大气稀薄，有风也维持不了多久。

但偶尔，出于未知的原因，或许与来自太空的电子风暴有关，尘埃会变得带电，而且每个粒子都会互相排斥。即使没风，它们也会腾空而起。每走一步，都会扬起一片拒绝尘埃落定的云来，而这些云却会在空中飘散开来。

而当狂风加入这个行列的时候，可以说，一个充分发育的尘暴就此诞生了。沙尘永远不会厚到模糊视线的地步，这并非危险所在。更确切地说，四处弥漫、无所不在的粉尘才是真正的杀手。

粉尘粒子极其细小，足以渗透进任何地方。衣物无法将它们挡在外面；躲在石壁后也不行；即使是带着宽垫片紧贴在脸上的面罩也没什么用，根本无法阻止微粒通过。

在尘暴最猛烈的时候，两分钟就足以引起难以忍受的瘙痒，五分钟就几乎能使人失明，十五分钟足以致死。即使是一场轻微的尘暴，温和得就连暴露其中的那些人自己都没注意到，也足以使暴露在外的皮肤发红，这就是所谓的游离尘屑。

大卫·斯塔尔知道这一切，甚至更多。他知道自己的皮肤正在变红。他正在咳嗽，但这毫无效果，根本无法清除黏聚在他喉咙里的结块。他曾试图把嘴闭上，在呼气的时候，尽其所能把开口控制得最小。没用。粉尘会悄悄穿过他双唇间的缝隙钻进来。踏板车如今毫无规律地颠簸着，粉尘正在渗入马达，一如对大卫所造成的损害。

此时，他的眼睛肿得几乎要闭拢了。流出的泪水堆积在面罩底部的垫圈上，模糊了目镜，无论如何，反正他也看不到任何东西。

只有精工打造的穹顶和沙车才无隙可入，除此之外，没有任何东西能阻挡那些微小的粉尘颗粒。没有。

没有？

在令人发狂的瘙痒和痛苦的咳嗽中，他绝望地想到了火星人。难道他们不知道尘暴正在酝酿吗？他们能预测到吗？如果他们早就知道，还会把他送到地表之上吗？从他的思想中，他们肯定已经获知，他只有一个踏板车把他带回穹顶。他们或许轻易就可以把他直接送到农场穹顶外，甚至直接送到穹顶里。

他们肯定早就知道尘暴即将发生。大卫回忆起那个低沉的声音是如何突然决定把他送回地表的，仿佛他如此匆忙，就是为了让大卫赶上这场尘暴。

还有那个女声的最后一句话，他并未意识到听过这句话，因此，他可以肯定，这是在他一路穿过岩石被带到地表的时候，被植入他脑海之中的，那句话是："别害怕，太空游侠。"

他一边想着这一切，一边知道了答案。他伸出一只手在口袋里摸索着，另一只手抓住面罩。当他掀开面罩时，被部分保护着的鼻子和眼睛遭受到一大团新鲜粉尘的侵袭，他立刻感到一阵灼伤和刺激。

他想打喷嚏，那是一种无法抗拒的欲望，但他终究还是忍住了。无意中吸入的空气，会使大量粉尘堆满他的肺部。这本身就可能是致命的。

他从口袋里取出那块轻纱，用它包住了自己的眼睛和鼻子，然后，又在外面罩上面罩。

直到此时，他才打了一个喷嚏。这意味着，他吸入了大量无用的火星大气，却没任何粉尘能混进来。他用力呼吸，尽可能多地吸入氧气，然后吹气，把嘴里的粉尘吹走；他特意用嘴交替吸气，以此防止任何可能的氧气中毒。

渐渐地，眼泪洗去了他眼中的粉尘，而且，再没新的粉尘进来，他发现自己又恢复了视力。他的四肢和躯体被围着他的力场护盾笼罩着，烟雾缭绕，看不真切，他知道在闪光的面具之下，他头部的上半部分是看不见的。

空气分子能自由地穿透防护罩，但这只是因为它们足够小，而粉尘粒子却大到足以被拦下。大卫甚至可以用肉眼看到这个过程。每个粉尘粒子撞击防护罩的时候，都会被阻住，动能会转化为光能，因此当粉尘试图穿越时，就会出现一个微小的火花。大卫发现自己的身体如同一片挤满了火花的汪洋，明亮得如同火星的太阳，红色的烟雾弥漫在尘埃中，使身下的地面半明半暗。

大卫拍打着衣服。一阵尘土飞扬，即使力场护盾造成的烟雾没有阻挡视线，也实在无法看清。尘土被掸掉了，却再也回不来。慢慢地，他几乎把那些粒子都掸干净了。他半信半疑地看着那辆踏板车，想要发动马达。然而，一阵短暂的嘎嘎声后，就只剩一片沉寂了。这是意料之中的事。这不过是因为，与沙车不同，滑板车没有，也不可能有封闭的马达。

他必须得步行。这主意并非是特别可怕的念头。农场穹顶就距离此地两英里多一点儿，而他有充足的氧气。他的氧气罐是满的。火星人在送他回来之前早就注意到了这一点。

他觉得现在可以理解他们了。他们的确知道尘暴即将到来，他们甚至可能还加了一把力。以他们对火星天气的长期经验，以及他们先进的科学技术，如果他们依然不了解火星尘暴的基本成因和机制，那可就太奇怪了。然而，在派他去面对尘暴的时候，他们显然知道他口袋里有完美的防御装备。他们既没有警告他等待着他的严峻考验，也没有告知他其实他身上带着防护装备。不过这也说得通。如果他值得拥有力场护盾这个礼物，他会——或者应该会——自己想到这一点。而如果他没能做到这一点，就说明他并不能胜任这份工作。

大卫露出了坚定的微笑，迈开双腿，开始大踏步穿越火星地表，即使他那红肿的皮肤一触到衣服就会很难受。火星人冷漠得毫无感情可言，在拿他的生命冒险，但他几乎完全认同他们的做法。他脑子转得够快，足以救自己，可他不认为自己该为此而感到自豪。他早就该想到那个面具了。

环绕着他的力场护盾使他更易于行走。他注意到，力场护盾覆盖了他靴子的鞋底，所以它们永远不会跟火星地表有直接接触，而是浮在地面上方约四分之一英寸高的地方。他与星球之间的斥力是具有弹性的，就好像他是踩在无数钢制的弹簧上。再加上地心引力很小，他就可以一路大踏步地荡过去，跨越自己与穹顶之间的距离。

他急切地踏上了征程。此时此刻，他感觉比以往任何时候都更需要洗个热水澡。

等大卫到达农场穹顶的一个外部密封舱时，尘暴最糟糕的时候已经过去了，力场护盾上的闪光变得稀少起来，只偶尔还闪烁着些许火花。现在把面具从眼睛上取下来是安全的。

当密封锁为他而打开的时候，首先，所有目光都盯在他身上，随后，现场爆发出一片惊叫，执勤的农仔们蜂拥而上把他围了起来。

“天哪，是威廉姆斯！”“你去哪儿了，孩子？”“发生了什么事？”

在一片混乱的惊呼和同时爆发的问询声中，传来一声尖叫：“你是怎么熬过尘暴的？”

这个问题太尖锐了，现场随即陷入短暂的沉默。有人说：“瞧瞧他的脸，简直就像个去了皮的西红柿。”

这是夸大其词，但却真实到足以打动所有在场的人。为了对抗火星的寒冷，他把衣领紧紧地绑在脖子上，众人七手八脚地拽住他的领子把他猛地拉了进来。他们把他拖到座位上坐好，然后通知亨尼斯赶紧过来。

亨尼斯不到十分钟就赶来了，他跳下踏板车，带着混杂了恼火和愤怒的表情，向这边走过来。看到他的雇工平安归来，本应感到欣慰的，可从他脸上却看不出任何宽慰的迹象。

他咆哮道：“这到底是怎么回事，威廉姆斯？”

大卫抬起眼睛冷冷地说：“我迷路了。”

“哦，这就是你的解释？跑了两天，你就一句‘迷路了’。你是怎么做到的？”

“我觉得我该出去散散步，结果走得太远了。”

“你觉得你需要呼吸一点儿新鲜空气，所以就在外面一直走，过了整整两个火星之夜？你指望我会相信这些？”

“有任何沙车不见了吗？”

亨尼斯的脸色越发涨得通红，一个农仔急忙插话说：“他昏过去了，亨尼斯先生。他被困在外面的尘暴里了。”

亨尼斯说：“别傻了。要是他真的被困在外面的尘暴里，他就不可能活着坐在这儿。”

“呃，我知道，”农仔说，“可是，你看他那样子。”

亨尼斯打量着他。他裸露在外的脖子和肩膀都通红一片，这是个无法被轻易驳倒的事实。

他说：“你躲进洞里了？”

“恐怕是的。”大卫说。

“你是怎么过来的？”

“有个男人，”大卫说，“在一片烟雾与光影中，冒出来一个男人，粉尘似乎不会对他造成任何困扰。他自称是太空游侠。”

人们聚拢来围成一圈。亨尼斯怒气冲冲地朝他们转过身去，他那肥硕的脸面目狰狞。

“都给我出去！”他吼道，“回去干活儿！还有你，乔尼特，去弄辆沙车来。”

过了将近一个小时，大卫才被允许洗了一个他渴望已久的热水澡。

亨尼斯没让其他任何人靠近大卫。他在自己的私人办公室里走来走去，一次又一次，他突然停下来，暴怒地转过身，逼问大卫：“这个太空游侠究竟是怎么回事？你在哪儿碰上他的？他都说了些什么？做了些什么？你说的烟雾与光影又是什么？”

对所有这些，大卫只是微微摇头说：“我去散步，然后迷路了。一个自称太空游侠的人把我带了回来。”

亨尼斯终于还是放弃了，由穹顶的医生接手负责。大卫洗了个热水澡。他的身子被涂了一层药膏，还注射了适量的激素。无法避免地，还被打了一针镇静剂。几乎在针头拔出来之前，他就睡着了。

他醒过来，发现自己正躺在医务室干净凉爽的被单里。皮肤发红的情况已经大大消退了。他们还会继续盘问他，他明白，但他不得不再坚持一会儿，再次击退他们。

如今，他确信自己已经找到了食物中毒之谜的答案，几乎是全部答案。他只需要再补一两个缺失的环节，当然，还有法律证明。

他听到床头处传来轻轻的脚步声，于是身体微僵。难道这么快就又开始了？然而，只有本森进入了他的视线。本森嘟起肥硕的双唇，稀疏的头发乱蓬蓬的，一脸忧心忡忡的表情。他手里拿着什么，看起来像是那种笨拙的老式步枪。

他说:“威廉姆斯，你醒着吗？”

大卫说:“你知道我是醒着的。”

本森抬起手背擦了擦汗湿的额头。“他们不知道我在这里。我觉得，我不该来的。”

“为什么不应该？”

“亨尼斯确信你跟食物中毒有关。他疯了一样冲马基安和我嚷嚷。他声称，你跑到外面不知道什么地方去了，可现在除了满嘴荒谬的故事，什么也不肯说。无论我还能做些什么，恐怕你都要倒大霉了。”

“无论你还能做些什么？你不相信亨尼斯的说法？不认为我是这一切阴谋的共犯？”

本森身体前倾，大卫能感觉到他呼出的热气吹到自己的脸上，他轻声说：“不，我不信，因为我认为你的故事是真实的。这也是我要到这里来的原因。我必须问清楚，关于你所说的那个生物，你所说的那个被烟雾与光影笼罩的生物。你确定不是幻觉吗，威廉姆斯？”

“我看见他了。”大卫说。

“你怎么知道他是人类？他讲英语吗？”

“他没说话，但他的外形看上去像人类。”大卫的双眼紧紧盯住本森，“你觉得那会是火星人吗？”

“啊——”本森的双唇缩了起来，脸部肌肉痉挛着，硬挤出一丝微笑，“你还记得我那个理论啊？是的，我觉得那就是火星人。想想，伙计，想想！他们现在公然露面了，每一条信息都有可能至关重要。我们没多少时间了。”

“为什么没时间？”大卫用一只手肘撑起身子。

“你当然不知道你走以后发生了什么事，但坦率地说，威廉姆斯，我们所有人现在都处于绝望之中。”他抬起手里那支看上去像枪一样的东西，苦涩地说，“你知道这是什么吗？”

“我以前见过你拿着这东西。”

“这是我的取样器，是我自己的发明。当我去城里那些储藏库的时候，就会把它带在身边。它可以射出一个小型空心球，上面连着一根金属网线，射进——就是我们所说的——谷仓里。发射出去以后，过一小会儿，小球前部会出现一个足够长的开口，让小球的中空部分装满谷粒。随后，小球会再次合上。我把它拖回来，清空里面积蓄的随机样本。通过调整发射后开启小球的时间，可以在谷仓的不同深度采集样本。”

大卫说：“这设计很精巧啊，可你现在带着它干什么？”

“因为我想知道，当我从你这儿离开的时候，要不要把它扔到垃圾箱里去。这是我对抗食物中毒唯一的武器。到目前为止，这东西对我毫无用处，而且肯定以后也没什么用。”

“到底出什么事了？”大卫抓住他的肩膀，用力握紧，“告诉我。”

本森吃痛，皱起了眉头。他说：“农业联合会的每个成员都收到了一封新的信件，发信的人就是中毒事件的幕后黑手。毫无疑问，这些信和中毒事件是同一个人所为，或者更确切地说，是同一个组织。现在，信里全都承认了。”

“信里怎么说？”

本森耸了耸肩：“具体细节有什么关系？重点是这相当于要求我们彻底投降，否则食物中毒的袭击事件就会上千倍地增加。我相信这可以做到，而且他们会这么做的，而如果这一切真的发生了，地球和火星，整个体系，都将陷入恐慌。”

他站起身来。“我已经跟马基安和亨尼斯都说过了，我相信你，你所说的太空游侠是整起事件的线索，可他们不会相信我的。我想，亨尼斯甚至会怀疑我跟你是一伙儿的。”

他似乎完全陷入自己的错误想象中了。

大卫说：“我们还有多长时间，本森？”

“两天。哦，不，那是昨天的事。现在，我们只有三十六个小时。”

三十六个小时！

大卫必须尽快开始行动。非常快。但或许还有时间。无意中，本森已经给了他一条解开谜团所缺失的线索。

## 13

# 理事会接管调查

大约十分钟后，本森离开了。按照他的理论，火星人和中毒事件是有关联的，因此大卫告诉他的一切，都未能使他满意，他的不安情绪迅速增长。

他说：“我可不想被亨尼斯逮到，我们都已经说好了。”

“那马基安呢？他是站在我们这边的，不是吗？”

“我不知道。也许后天他就会改变立场。我不认为他还能剩下多少勇气，足以去对抗那些家伙。瞧，我得走了。如果你想起任何东西，无论任何事，不管怎样，都要告诉我，好吗？”

他伸出一只手来，大卫简单地握了一下，随后本森就离开了。

大卫从床上坐了起来。自他醒来以后，他自己的不安情绪也在不断放大。他的衣服被扔在房间另一头的椅子上。他的靴子则直立在床边。他不敢当着本森的面检查衣物，甚至不敢往那边看。

也许，他悲观地想，他们虽然检查了他的衣物，却还没动什么手脚。农仔的长筒靴是不可侵犯的。偷农仔的长筒靴，仅次于在旷野里偷他的沙车，是不可饶恕的罪行。就算农仔死了，他的靴子也会跟他一起下葬，不会有人动里面的东西。

大卫伸手在每只靴子的内兜里摸了一遍，可他的手指什么也没摸着。那里面原本有一块手帕，另一个兜里曾经有一堆硬币。毫无疑问，他们已经搜过他的衣服，这他早就料到了。但很明显，他们没把他的靴子划到不容侵犯的范围里。他屏住呼吸，把整条手臂插进其中一只靴子的深处。柔软的皮革一直延伸到他的腋窝，当他把手指伸向靴子的脚尖部分时，整个靴沿都皱了下去。而当他感觉到火星面具那柔软的纱质材料时，一阵纯粹的喜悦充满了他的内心。

在洗澡前，他很自然地把它藏在那里，但他没料到会被注射镇静剂。他们没搜他靴子的脚尖部位，这纯属运气。今后，他必须愈加小心。

他把面具放进一只靴子的内口袋，把口袋盖紧。他拎起靴子，在他睡觉的时候，靴子已经被擦得锃亮了，应该是某个人做好事替他擦的，这体现了农仔对于靴子近乎本能的敬意，无论是谁的靴子。

他的衣服也已经用清新喷雾剂处理过了。衣服是用闪闪发光的塑料纤维制成的，如今闻上去就跟全新的一样。当然，衣兜也被掏空了，但其实，所有掏出来的东西都散乱地堆在椅子底下。他把东西分门别类地捡了出来，好像什么也没少。就连他靴子口袋里的手绢和硬币也都在。

他穿上内衣和袜子，还有连体工作服，然后是靴子。正当他系腰带的时候，一个棕色胡子的农仔走了进来。

大卫抬起头来，他冷冷地说："祖吉斯，你想干吗？"

农仔说："你这是想去哪儿，土佬？"

他那双眯缝眼恶狠狠地瞪着，在大卫看来，这家伙此时的表情就跟那天第一眼看到他的时候一模一样。大卫还记得，当时亨尼斯的沙车就停在农场就业办公室门外，他自己刚坐到座位上，就冒出来一张胡子拉碴的脸，愤然怒视着他，他还没来得及采取任何行动自卫，对方的武器就开火了。

"无论去哪儿，"大卫说，"都无须征得你同意。"

"是吗？你错了，先生，因为你得待在这儿。亨尼斯的命令。"祖吉斯用他的身体堵住了门。两把爆能枪显而易见地挂在他下垂的腰带两侧。

祖吉斯等了一会儿。随即，他笑了起来，一脸油腻的胡须裂成了上下两半。他说："我觉着，或许你已经改主意了吧，土佬？"

"也许吧。"大卫说着，又补充了一句，"刚才有人进来看我。怎么回事？你没看着吗？"

"闭嘴！"祖吉斯咆哮道。

"或许，是有人付钱给你，让你朝别的方向看了一阵子？亨尼斯可能并不喜欢这样。"

祖吉斯啐了一口，唾沫就离大卫的靴子不到半英寸。

大卫说："你要不要扔掉你的爆能枪，再试一回看看？"

祖吉斯说："如果你还想吃东西，就给我小心点，土佬。"

他离开时随手关上门，落了锁。几分钟之后，当门再次打开时，门外传来一阵金属互相碰撞的声音。祖吉斯拿着托盘，上面有黄色的南瓜，还有一些绿叶。

"蔬菜沙拉，"祖吉斯说，"对你来说已经够了。"

托盘的一端露出一根发黑的拇指，另一端则保持平衡搭在他手腕后面，这样一来，农仔的手就看不见了。

大卫直起身子，跳到一边，然后又屈膝跳到床垫上。祖吉斯吓了一跳，惊慌失措，转身想走，但大卫利用床垫的弹簧借力弹跳到空中。

他重重地撞上了农仔，伸出一只手平砍在托盘上，把它从对方手中生生劈了下来，砸在地上，同时，另一只手则一把抓住农仔的胡子。

祖吉斯摔倒在地，大声嘶吼着。大卫的靴子踩在了农仔的手上，也就是那只藏在托盘下面的手。对方的吼叫立刻变成痛苦的尖叫，被踩烂的手指松开来，扔掉了一直紧握着的爆能枪。

大卫把手从他胡须上抽了回来，抓住他另一只没有受伤的手腕，同时摸索着，寻找第二支爆能枪。他粗暴地把对方的胳膊拎了起来，横跨前胸，绕到头下面，再从另一边耳侧绕出来，用力一拉。

“安静，”他说，“否则我就把你的胳膊卸下来。”

祖吉斯安静下来，他的眼睛转动着，呼吸急促。他说：“你想干啥？”

“你为什么把爆能枪藏在托盘下面？”

“我必须得保护自己啊，难道不是吗？万一当我双手举着托盘的时候，你扑向我怎么办？”

“那你为什么不派其他人拿托盘，而你来掩护他呢？”

“我没想到。”祖吉斯抱怨道。

大卫稍稍用力，收紧了一点儿，祖吉斯的嘴扭成了一团。“就当你说的都是真的吧，祖吉斯。”

“一对一我差点杀了你。”

“那你要对马基安说什么？”

“你——想逃跑。”

“是你自己的主意吗？”

“不，是亨尼斯的主意。去叫亨尼斯来啊，我只是服从命令。”

大卫放了他，捡起那把爆能枪，从枪套里把另一把也弹了出来。“起来。”

祖吉斯在一边打着滚。他试图举起被压碎的右手和几乎撕裂的左肩时，不禁呻吟了起来。

“你打算怎么做？你该不会向一个手无寸铁的人开枪吧？会吗？”

“你不会吗？”大卫问。

一个新的声音插了进来。“把枪放下，威廉姆斯。”那声音很干脆地说。

大卫飞快地转过头去。亨尼斯站在门口，平端着一把爆能枪。他身后是马基安，面色灰白，满脸是深深的皱纹。亨尼斯的双眼明明白白地表达了他的意图，他的爆能枪已经准备好了。

大卫扔掉了他刚刚从祖吉斯手里抢下来的爆能枪。

“把它们踢过来。”亨尼斯说。

大卫照做了。

“现在，发生了什么事？”

大卫说：“你知道发生了什么。祖吉斯按照你的指令，想来一次小小的暗杀，而我并未坐以待毙。”

祖吉斯咕哝着说：“不是的，先生，亨尼斯先生。不是的，先生。没这回事。我给他拿午餐进来，他就突然把我扑倒了。我两只手端着盘子，根本没机会自卫。”

“闭嘴，”亨尼斯轻蔑地说，“我们等会儿再来谈这个。滚出去，立马给我拿几条束缚带回来。”

祖吉斯爬了出去。

马基安温和地说：“为什么要去拿束缚带呢，亨尼斯？”

“因为这家伙是个危险的骗子，马基安先生。你还记得吧？我带他来，是因为他似乎知道一些有关食物中毒的事。”

“是啊，是啊，那当然。”

“他跟我们讲了一个故事，说他妹妹被火星果酱给毒死了，记得吗？我去查过了。这家伙声称他向当局报警说妹妹死了，而当局记录在案的类似中毒死亡事件并不算太多。事实上，还不到二百五十人。很容易就能把所有的案子都翻一遍，我翻完了，没有。没有任何记录涉及某个十二岁女孩，她哥哥与威廉姆斯同龄，死于果酱中毒。”

马基安大吃一惊：“这事你知道有多久了，亨尼斯？”

“几乎他刚来我就知道了，但我没去管他。我想看看他在找什么。我让格里斯沃德看着他——”

“你的意思是，要他杀了我？”大卫插嘴说。

“是的，你可以这么说，考虑到是你最后杀了他，因为他愚蠢到让你怀疑他。”亨尼斯又转向马基安，“然后，他设法跟那个笨蛋本森混到一起去了，在那里，他可以密切监视我们调查中毒事件的进展。再然后，作为最后一根稻草，三个晚上之前，出于某个他绝不会言明的原因，他溜出了穹顶。你想知道为什么吗？他是去向雇他的人汇报——那个人才是这一切的幕后黑手。最后通牒是在他离开的时候发出来的，这可不单单是什么巧合。”

“那你又在哪儿？”大卫突然问道，“格里斯沃德死后，你就不再监视我了吗？如果你知道，我参与了某种你所怀疑的交易，为什么没派人跟在我后面？”

马基安看上去一脸茫然，他开始想说：“呃——”

但大卫打断了他。“让我说完，马基安先生。我想，也许在我离开的那个晚上，甚至在我离开之后的那一天一夜，亨尼斯都不在穹顶。你去哪儿了，亨尼斯？”

亨尼斯朝前走了几步，嘴角扭曲着。大卫合拢手心放在靠近自己脸颊的地方。他不相信亨尼斯会开枪，但在万不得已的情况下，他已经准备好要用那个力场护盾面具了。

马基安焦虑不安地伸出一只手搭在亨尼斯的肩膀上：“我

建议把他留给理事会。”

大卫急忙问道:“这跟理事会有什么关系？”

“不关你事！”亨尼斯咆哮道。

祖吉斯带着束缚带回来了。这玩意儿是一种柔韧的塑料棒，可以任意弯曲，然后在指定的位置固定。它们比绳子甚至金属手铐都牢固。

“伸出你的双手。”亨尼斯命令道。

大卫一言不发地照做了。束缚带绕着他的手腕缠了两圈。祖吉斯得意地斜着眼，野蛮地用力扎紧束缚带，然后把别针抽了出来，这导致分子自动测距调整，塑料随即硬化。分子的重新排列产生了能量，这使塑料摸上去很暖和。随即，另一个束缚带捆在了大卫的脚踝上。

大卫静静地坐在床上，其中一只手依然握着力场护盾面具。马基安谈到理事会时的样子，足以证明大卫不会长期被缚。此刻，他有意让事态进一步发酵。

他再次问道:“这跟理事会有什么关系？”

但他根本不必问。门外传来一声尖叫，一个人影炮弹般从门口冲了进来，他高声叫道:“威廉姆斯在哪儿？”

那是大块头本人，和他实际的个子一样，也就是说，不算很大。他什么也不顾，眼里只有大卫坐在那里的背影。他说话很快，气喘吁吁的。“一直到我抵达穹顶，我才听说你经历了一场尘暴。你肯定是被炸翻了。你究竟是怎么熬过来的？”

这时候，他才第一次注意到了大卫的处境，于是怒气冲冲地转过身来。“天哪，到底是谁把这孩子给绑成这样的？”

亨尼斯这会儿总算喘过一口气来了。他猛地伸出一只手，粗暴地一把抓住大块头的衣领，拎着他那瘦削的身体离开了地板。“我告诉过你，鼻涕虫，要是我再在这儿看见你，会发生什么。”

大块头吼道：“松手，你这白痴！爷就在这儿了。我给你1.5秒的时间放开我，不然你就自己去跟科学理事会汇报吧。”

马基安说：“看在火星的分儿上，亨尼斯，放开他。”

亨尼斯松手把他扔在地上。“滚。”

“绝对不可能。我是理事会的正式雇员。我是和银博士一起来的，问他吧。”

他朝门外那个又高又瘦的男人点点头。这名字很适合他，他的头发是银白色的，胡子也一样。

“敬请谅解，”银博士说，“我不得不接管这件事。地球上的国际城政府也已经宣布进入系统性紧急状态，从今往后，所有的农场都将由科学理事会监管。而我则受命接管马基安农场。”

“我早就知道会发生这种事。”马基安不高兴地咕哝道。

“把这人的束缚带取下来。”银博士命令道。

亨尼斯说:“他很危险。”

“我会全权负责的。”

大块头跳了起来，双脚并拢，两只鞋跟发出咔嚓一声响。“走吧，亨尼斯。”

亨尼斯气得脸色发白，但终究什么也没说。

三个小时之后，银博士又在马基安的私人房间里见到了马基安和亨尼斯。

他说:“我想要查看一下这个农场过去六个月所有的生产记录。我还得去见一下你家的本森博士，看看他在解决食物中毒问题上取得了什么进展。我们只有六周时间来解决这个问题，再多就没了。”

“六周,”亨尼斯怒气冲冲地说,“你是指总有一天吧？”

“不是的，先生。如果到了最终的截止日期，我们依然没能找到答案，那么，所有火星的食物出口都将被中止。即使只有一线机会，我们也不会放弃。”

“天哪,”亨尼斯说,“地球会被饿死的。”

“六周内还不会,”银博士说道,“食物供给足以支撑到那个时候，当然，只能靠配给制。”

“会有恐慌和骚乱。”亨尼斯说。

“不错,”银博士冷冷地说,“那才是最令人不快的。”

“你们会毁了农业联合会的。”马基安呻吟着说。

“反正都会被毁掉的。那么，我打算今天晚上就去见一下本森博士。明天中午，我们会举行一次四方会谈。截至明天午夜，如果无论是在火星还是月球中央实验室，都没有任何突破性进展，禁运令就会生效，同时，会安排举行一个全火星会议，由农业联合会不同成员共同参加。”

“为什么？”亨尼斯问道。

“因为，”银博士说，“我们有理由认为，无论这起疯狂罪行的幕后黑手是谁，都肯定与农场有着密切的联系。他们太了解农场了，除此之外无法得出任何其他结论。”

“那威廉姆斯呢？”

“我已经审问过他了，他坚持自己的说法。这个嘛，我承认，是够诡异的。我已经把他送到城里去了，在那里，他还会接受进一步的审问；如果有必要的话，会给他催眠。”

门口的信号灯闪烁起来。

银博士说：“开门吧，马基安先生。”

马基安照做了，那个样子，仿佛他并不是这个农场的主人，要知道，这可是火星上最大的农场之一，因此，他也是太阳系中最富有、最有权势的人之一。

大块头走了进来。他带着挑战的目光瞅着亨尼斯，一边说道：“威廉姆斯在沙车上了，准备在护卫下回城。”

“好。”银博士说着，薄薄的双唇紧闭。

在农场穹顶外一英里处，沙车停了下来。大卫·斯塔尔头戴面罩，走下沙车。他向司机挥了挥手，司机探出身子说：“记住，7号密封门！我们会派一个我们的人去那边，然后再放你进去。”

大卫微笑着点了点头。他目送沙车继续朝城里开去，随后步行返回农场穹顶。

当然了，理事会的人肯定会配合的。他们已经按照他所希望的帮了他——公然离开，再秘密潜回。然而，没人知道他请求这么做的目的究竟是什么，就连银博士也不知道。

他已经掌握了拼图的所有碎片，但依然需要足够的证据。

## 14

# 我就是太空游侠

亨尼斯一头雾水地走进卧室，既疲惫又愤怒。疲惫的原因很简单。现在快到凌晨三点了。而他前两个晚上都没能好好休息，或者说，在过去的六个月里，他都一直处于一种紧绷状态，就没怎么放松过。然而，他还是觉得，在理事会的银博士和本森会晤时，自己有必要全程坐在旁边。

银博士表示不喜欢这样，这也是让他愤怒的原因之一，而他现在满心怒火，完全被愤怒所淹没了。银博士！地球和火星上所有的科学家忙活了好几个月，毫无结果，而这时候，一个干劲十足的老头子匆匆忙忙从城里赶过来，觉得自己有本事能在一天一夜之内找到麻烦的根源。同时，亨尼斯也很生马基安的气，因为他变得就像擦了油的靴子一样软弱无力，不过是那个白头家伙的普通走狗而已。马基安！二十年前，他可曾经称得上是个传奇人物，是火星上最难搞的农场主。

还有本森。亨尼斯原本打算解决掉那个碍事的毛头小伙子——威廉姆斯，以最快最简单的方式，结果全被本森搅黄了。至于格里斯沃德和祖吉斯，这俩货太蠢了，根本无法完成必要的步骤，否则肯定能战胜软弱的马基安和多愁善感的本森，赢得他们的支持。

他简略地思考了一下，服用安眠药是否明智。今晚他想要休息一下，以便第二天能保持敏锐的头脑，然而，愤怒可能会令他睡意全消。

他摇了摇头。不。他不能冒险让自己陷于因药物作用而无能为力的境地，万一晚上发生了什么重要转折该怎么办？

他妥协了，按下控制磁性门的按钮。他甚至简单地测试了一下，以确保门锁的电磁电路工作正常。在农场穹顶完全男性化的简单生活中，个人房间很少上锁，绝缘层磨损、电线松脱这类现象更是稀松平常，多少年来谁也不管。据他所知，打他第一天接手这份工作以来，他自己的房门就从来没上过锁。

电路都正常。他拉门的时候，那门甚至都没见丝毫摇晃。这就已经够了。

他重重地叹了口气，坐在床上，脱下靴子，先是一只，然后是另一只。他疲惫地搓着脚，又叹了口气，然后，突然僵住了；动作如此突然，以至于他生生从床上跳了起来，自己却没有意识到。

他愣愣地瞪着眼睛，脑子里一片迷乱。不可能。这不可能！这可能意味着，威廉姆斯那愚蠢的故事是真的。这可能意味着，本森关于火星人的荒谬言论或许……结果终于被证明是……

不，他拒绝相信这些。更容易让人相信的是，因为缺乏睡眠，所以他的大脑跟他开了一个玩笑。

然而，房间的黑暗中闪烁着一种冷冷的蓝白色光辉，并不刺眼。通过这片光，他可以看到床、墙壁、椅子、梳妆台，甚至他的靴子，就立在他刚刚放它们的地方。他还能看到一个人影，在应该是头部的地方只有一束光，而别处则没有明显的特征，或者应该说，更像是某种烟雾。

他感觉到，墙壁紧贴着他的背，而他之前完全没有意识到自己在后退。

那个东西说话了，声音空洞而洪亮，仿佛其中还夹带着回音。

那东西说："我就是太空游侠！"

亨尼斯挺直了身子。刚开始的震惊过后，他强迫自己镇静下来。他用平稳的声音说道:“你想要什么?”

太空游侠没有动,也没有说话,而亨尼斯发现自己的眼睛正紧盯着那个“幽灵”。

工头等在那里,他的胸膛起伏不定,而那团由烟雾与光影组成的东西却依然纹丝不动。这或许是个机器人,目的就是出来声明一下它自己的身份。有那么一刻,亨尼斯在想,搞不好就是这么回事吧?可这念头刚一出来,亨尼斯就放弃了这样的想法。他站在橱柜旁,无论脑子里想的是什么,都不会让他忘记事实。慢慢地,他的手动起来了。

在那东西本身发出的光影中,他的动作并非不可见,但它并未在意。亨尼斯的手假装不经意地轻轻放在写字台桌面上。那个机器人,火星人,伙计,不管那是什么,亨尼斯想着,应该不会知道这个抽屉的秘密吧?它躲在房间里,等待着,但还没搜过房间。或者,即便它搜过了,那也是个最需要技巧的技术活儿。亨尼斯的眼睛四下打量着,即使是现在,他也没发现房间里有任何不正常的东西,没什么东西放错了地方,也没什么地方出现了不应该在那里的东西,除了太空游侠本身。

他的手指碰到了木头上一个小小的凹槽。这是一套常见的机关,火星上很少有农场经理不懂这个。从某种意义上讲,这是老传统,就像进口的木制橱柜本身一样古老,这种传统可以追溯到农场先驱们无法无天的旧时代,而传统总是很难消亡。

小凹槽在他的指尖下轻轻挪动，箱子侧面的一块嵌板随即向外垂落。亨尼斯早就准备好了，他伸出手，朝移动嵌板下面露出来的爆能枪摸了过去，行动隐蔽。

如今，他手里握着爆能枪了，于是瞄准死亡中心。在整个行动过程中，那家伙纹丝不动，其双臂之下空荡荡的，什么也没有。

亨尼斯发觉，自信心正如潮水般涌回。无论机器人、火星人，抑或人类，这东西总扛不住爆能枪吧？这是一种小型武器，射出的子弹在尺寸上几乎微不足道。相比之下，古代老式枪所携带的金属弹头不过是块石头，而爆能枪那颗小小弹头所造成的杀伤力比这大得多。一旦启动，任何阻止它的东西都会触发一个微小的原子触发器，会将极小一部分质量转化为能量，而在这种转化过程中，任何阻止它的物体，不管是岩石、金属还是人的肉体，都会被消耗掉，整个过程中只伴随极轻微的声响，就像手指轻叩橡胶。

亨尼斯借着手中的爆能枪，以一种威胁的语气问道：“你是谁？你想干什么？”

那东西再次发话了，他再次慢吞吞地说：“我就是太空游侠！”

亨尼斯的双唇冷酷而凶狠地抿了起来，随即扣下扳机。

子弹冲出枪口，直奔烟雾中的目标，碰到目标，当即停下。它是真的突然就停了下来，没碰到那具躯体，差了四分之一英寸的距离，未能穿透目标。就连碰撞产生的震荡波也未能突破力场护盾，而后者则吸收了子弹所有的动能，把它变成了一片光焰。

从未见过这样的光焰。一切被淹没在猛烈迸发的强光之中，那是爆能枪子弹爆炸所产生的能量——周围没有任何物质能屏蔽这种强光。房间里仿佛有一颗针尖大的太阳，瞬间爆裂，虽然只存在了很短的一秒钟。

亨尼斯狂吼着，抬手捂住眼睛，仿佛想要保护它们免受物理攻击。太晚了。几分钟后，当他终于敢睁开眼的时候，他那刺痛而灼热的双眼无法告诉他任何事。无论睁眼还是闭眼，他所能看到的，都只有一片红点在黑暗中闪烁。他看不到太空游侠正如一阵旋风般展开了行动。太空游侠猛地扑向他的靴子，用飞舞的手指迅速搜了里面的口袋，接着打破房门磁轨，溜出房间，而几秒钟之后，伴随着嘈杂的叫喊声，人们不可避免地开始聚集，场面一片混乱。

亨尼斯听到了他们的声音，而他的手却依然蒙在眼睛上。他喊道："抓住那东西！抓住他！他就在房间里。干掉他！你们这群被火星抛弃的、黑靴子的懦夫。"

"房间里没有人。"六七个声音喊道。而另有人补充说："不过，闻起来像爆能枪。"

一个更坚定、更权威的声音说:“怎么了，亨尼斯？”是银博士。

“入侵者。”亨尼斯说着，浑身颤抖，满心沮丧和愤怒。“就没人看见他吗？你们都怎么了？你们都——”他说不出这个词，眨动的双眼淌着泪，模糊的光影又重新开始回到他的视线中。他说不出“瞎了”这句话。

银博士问道:“谁是入侵者？你能描述一下那个人吗？”而亨尼斯只能无可奈何地摇摇头。他怎么解释呢？告诉他们一个噩梦吗？一团可以说话的烟雾？说爆能弹就那么提早爆炸了，没造成任何伤亡？肯定是那个人用了什么法子加速了爆炸。

银博士闷闷不乐地自行回到自己的房间。他正准备上床睡觉，突然被这一通骚动驱使着冲出房间，人们毫无目的地东奔西跑，而亨尼斯张口结舌无从解释。对他来说，这一切什么也不是，不过是一连串的小麻烦。他在等明天。

他对胜利没有信心，对禁运的效果也没信心。就让食物停止对外运输吧。就让地球上更多的人发现到底发生了什么，或者，更糟糕的是，提出一套他们自己的理论，而那结果可能比任何集体中毒都更可怕。

这位年轻的大卫·斯塔尔表达了他的信心，但截至目前，他的行动还未能让人感到鼓舞。那个太空游侠的故事太拙劣了，经不住推敲，只会引起亨尼斯这种人的怀疑，而且几乎害死他自己。对这个年轻人来说，幸运的是，他，银博士，及时赶到。他没解释为什么要编出这个故事来，也几乎没怎么解释他那个计划，表面上他离开了穹顶，却又秘密地回来。银博士还记得第一次收到斯塔尔的来信，那信是由一个自称大块头（与事实严重不符）的小家伙带来的，他马上就跟地球上的理事会总部进行了核对。然而，当即得到确认，无论大卫·斯塔尔提出多特殊的请求，都必须服从。

可是，这么个年轻人怎么会——

银博士停了下来。真奇怪！刚刚他在匆忙之中没关好门，他的房门依然半开着，但此刻却没有丝毫光线照进玄关。可是，他离开之前并没把走廊的灯关上啊。他还记得，当他匆匆忙忙走下楼梯时，身后的灯是亮着的。

会不会是有人替他把灯关了，出于某些经济上的奇怪考量？这似乎不大可能啊。

房间里一点儿声音也没有。他拔出爆能枪，拉开房门，步履坚定地走过去，他知道电灯开关在哪里。

一只手捂住了他的嘴。

他扭动着身体，但那只胳膊健硕有力，而他耳中则传来熟悉的声音。

“没事的，银博士。我只是不想你吃惊地大喊大叫，让我暴露。”

手臂松开了。银博士问道:“斯塔尔？”

“是啊。关上门。看来，在大搜查期间，你的房间是最好的藏身之处。无论如何，我必须跟你谈谈。亨尼斯有没有说究竟发生了什么事？”

“没……没说什么。你参与了？”

大卫的微笑消失在黑暗中。“就算是吧，银博士。太空游侠拜访了亨尼斯，混乱中，我得以摸到你的房间，希望没人看到我进来。”

老科学家的声调不由自主地高了起来:“你说什么？我没心情开玩笑。”

“我没开玩笑。太空游侠真实存在。”

“那行不通的。这个故事并未打动亨尼斯，我理应知道真相。”

“我肯定，现在亨尼斯已经被深深地打动了，印象深刻。明天结束时，你会知道真相的。此时此刻，听我说。正如我之前所说的，太空游侠真实存在，而他是我们最大的希望。虽然我知道这起中毒事件的幕后黑手是谁，但我们正在玩的这个游戏不同寻常，知识可能没什么用。我们所面对的，不是一两个犯罪嫌疑人，而是一个组织严密的团体，企图获得整个太阳系的控制权，他们试图通过巨额讹诈获利数百万。我相信，即使我们抓住了领头的，这个阴谋也还是会继续下去，除非我们了解足够多的细节，阻止它发生。”

“告诉我谁是领头的，”银博士一脸严肃地说，“理事会需要了解所有必要的细节。”

“我们的动作永远不够快，就是因为过于追求细节。”大卫同样严肃地说，“我们必须得到答案，所有的答案，在二十四小时之内。过了那个时间点，即使我们最终胜利了，也无法阻止地球上数百万人的死亡。”

银博士说：“那你打算怎么办？”

“理论上讲，”大卫说，“我知道那个投毒的人是谁，也知道他是如何投毒的。为了不让投毒者直截了当地抵赖，我还需要一些实质性的证据。我会在今晚结束前拿到证据的。无论如何，为了从他那里获取必要信息，我们必须彻底摧毁他的意志。我们必须利用太空游侠。事实上，他已经快精神崩溃了。”

“又是太空游侠。你被这东西迷住了。希望这不是你的什么把戏，就连我也一起骗了。如果他真的存在，告诉我，他是谁？他是干什么的？你怎么知道他有没有欺骗你？”

“我不能告诉任何人有关的细节。我只能告诉你，我知道他是站在人类一边的。我信任他就像信任我自己，我会为他承担全部责任。银博士，在这件事情上，你必须照我说的去做。否则，我警告你，我们将别无选择，只能绕开你继续推进。这次的博弈非常重要，即使是你，也不能挡我的路。”

从这声音里传达出的坚定决心是毋庸置疑的。黑暗中，银博士无法看清大卫脸上的表情，然而，从某种角度而言，他也没这个必要。“那你要我做什么？”

“明天中午，你将与马基安、亨尼斯和本森见面。把大块头带去当你的私人保镖。他个子虽小，但行动敏捷，无所畏惧。让理事会的人负责保护中央大楼，我建议你给他们配备爆能机关枪和气体炸弹以防患于未然。现在记住，在十二点十五分到十二点三十分之间，想办法让后门无人值守，也无人监管。我会保证其安全。然后，无论发生什么事，都不要感到惊讶。”

“你会到场吗？”

“不，不需要我到场。”

“那然后呢？”

“太空游侠会前来拜访。他知道所有我所知道的，对于犯罪分子而言，由他发起的指控会是更具毁灭性的打击。”

银博士不由自主地产生了希望：“那么，你认为，我们会成功吗？”

一阵长时间的沉默。随后，大卫·斯塔尔说：“我怎么知道呢？我只能希望如此。”

随后，又是一段长时间的沉默。银博士感到有一股细微的气流，仿佛房门被打开了。他转向电灯开关。房间里立刻盈满了灯光，而他发现自己独自一人。

15

# 由太空游侠接手

大卫·斯塔尔尽可能快地展开了行动。夜色已经所剩无几。部分兴奋和紧张的情绪开始消退，几个小时以来，他一直拒绝承认的极度疲劳，此刻正一点儿一点儿渗透他的身心。

他的小型铅笔手电筒闪烁着，这边照照，那边照照。大卫迫切地希望他所寻找的东西不要隐藏在更多的门锁背后。那样的话，他将不得不动用武力，而此时此刻，他可没心情去吸引别人的注意力。他没看到任何保险箱，也没见到任何与此相似的东西。这既是好事也是坏事。他所寻找的并非遥不可及，但或许压根儿就不在这个房间里。

他精心策划才拿到了这个房间的钥匙，如果毫无发现，那就太遗憾了。亨尼斯一时半会儿还来不及迅速从刚才那个计划中反应过来。

想到这里，大卫笑了。刚开始的时候，他自己几乎跟亨尼斯一样吃惊。“我就是太空游侠”，大卫所说的这句话，是从火星洞穴出来以后，他第一次透过力场护盾说话。他记不起来自己的声音在洞穴里听上去是怎样的。或许，他并未真正听到过。或许，在火星人的影响下，他只是感知到了自己的思想，就如同感知他们一样。

然而，在地表之上，他的声音却令他自己惊呆了，空洞、低沉，完全出乎意料。当然，他很快就回过神来，几乎立刻就明白了。虽然护盾能让空气分子通过，但它很可能会延缓分子经过的速度。而这种干扰，自然会影响到声波。

大卫对此并不感到遗憾，这个声音，应该说，还是相当有帮助的。

护盾很好地抵御住了爆能枪的射线。虽然闪光并未被完全阻止，这他看得很清楚，但至少他受到的影响远不及亨尼斯。

他那疲惫不堪的头脑翻来覆去地想着这些，可他依然有条不紊地检查着架子和柜子里的东西。

光束停下了，在那里定了一小会儿。大卫走过去，绕过别的小玩意儿，拾起一个小小的金属物件。在微光下，他把它转来转去，一遍又一遍地端详着。他按下一个设在不同位置的小按钮，然后观察会发生什么。

他的心怦怦直跳。

这是最后的证据。他所有的推断都基于这个证据——那些推断如此合理，如此完整，但这一切仅仅停留在逻辑上。如今，这个逻辑已经由某些真实存在的东西证实了，某些可触摸、可感觉得到的东西。

他把它放进自己的长筒靴口袋里，跟其他重要东西放在一起，包括他的面具，以及他夜里从亨尼斯靴子里拿走的那把钥匙。

他转身锁上身后的房门，走进外面的开阔地带。穹顶上方已经开始明显呈现出一片灰白。很快，主控荧光灯会继续亮下去，而白天会正式开始。这是最后一天，无论对投毒者而言，还是对地球文明而言，就这样了。

现在，还有机会好好睡上一觉。

马基安农场的穹顶之下陷入了冰封般的死寂中。甚至没几个农仔能猜出究竟发生了什么事。当然了，这明显是一件很严肃的大事，但除此之外，什么也看不出来。有些人私下里说，马基安被当局逮到有严重的金融违规行为，但没有人相信。这甚至不符合逻辑，难道他们派军队就是为了这个？

毋庸置疑，一脸严峻的制服男绕着中央大楼打转，手里抱着爆能机关枪。建筑物的屋顶上架起了两门大炮，而周围则被清空了，一片空荡荡的。所有农仔，除了那些维持基本公用设施所必需的人手，其他人都被限制在营房里。少数获准出来的人则被严令只能留在工位上坚守工作。

就在中午十二点十五分的时候，在大楼后面巡逻的两名男子分开来，各自离开了，留下那片区域无人值守。十二点三十分，他们回来了，继续巡逻。后来，一个驻守在屋顶上的炮兵说，他曾经看到有人在这段时间里进入了大楼。他承认他只大致瞥了一眼，而他的描述毫无意义，因为他说，那似乎是一个浑身着火的人。

当时，没人信他。

银博士对任何事情都没把握，压根儿无法确定。他几乎不知道该如何开始这场会议。他看了看桌旁边坐着的另外四个人。

马基安，他看起来简直就像一个星期没睡过觉。当然，也许他真没好好睡过。到目前为止，他一言未发。然而，银博士很想知道，他是否完全了解周围所发生的一切。

亨尼斯，他上台的时候戴着墨镜。他曾经一度把眼镜摘下来过，可以看到，他的双眼布满血丝和愤怒。如今，他就坐在那里自言自语。

本森，安静而一副闷闷不乐的样子。银博士头天晚上和他待了好几个小时，毫无疑问，调查失败使他感到耻辱而悲伤。他提到过火星人，本土火星人，是造成中毒的原因，然而银博士早就听说了这种说法，也没把这太当回事。

大块头，他是这群人里唯一开心的家伙。可以肯定的是，他只了解真正危机的一部分。他仰靠在椅子上，显然很高兴能和重要人物同坐一桌，因此正在尽情享受他自己的角色。

而银博士还安排了一把额外的椅子。它就立在那里，空着，等待着。没人对此事实发表任何意见。

银博士勉强继续讲着，发表了一些言不由衷的评论，企图以此掩盖自己的不确定性。就像那把空椅子一样，他也在等待着。

十二点十六分的时候，他抬起头来，慢慢站起身来。没人说话。大块头把椅子往后一推，椅子轰的一声倒了下去。亨尼斯的头猛地转了过去，他紧紧地抓住桌沿，手指因紧张而发白。本森四处张望，惊恐地呜咽起来。只有马基安似乎无动于衷。他抬起眼睛，随后看到了来人，不过很显然，对他来说，这不过是已知世界上另一个无法理解的元素，而这个世界对他来说已经变得太大了，太魔性了。

门口那个人形说："我就是太空游侠！"

在房间内明亮的灯光照射下，环绕他头部的光辉略显柔和，而遮住他身体的烟雾甚至比亨尼斯前天晚上所看到的更浓了一些。

太空游侠移动进来。坐着的人几乎都不由自主地把自己的椅子往旁边推，在桌旁清出了一片区域，于是，那张空椅子被突显了出来，孤零零地立在那里。

太空游侠坐了下来，他的脸庞隐没在灯光之后，看不真切，烟雾缭绕的双臂从他身前伸出，随意地放在桌子上，却没真正靠在桌面上。在桌面和他的双臂之间，还留有四分之一英寸的间隙。

太空游侠说:“我是来和犯罪分子谈话的。”

一片沉寂，最后，是亨尼斯打破了沉默。“你是说窃贼吗？”他的声音有些沙哑，语气中充满恶意。

他立刻抬手摸着自己的墨镜，却没把墨镜摘下来。他的手指明显在颤抖。

太空游侠的声音缓慢而空洞，用词单调。“的确，我是窃贼。这是我从你靴子里拿走的钥匙。我不再需要这些钥匙了。”

一串闪烁的银色金属物沿着桌子朝亨尼斯甩过来，但后者并没捡起那东西。

太空游侠继续说:“然而，之所以发生盗窃行为，是为了阻止更大的犯罪。例如，某个深受信赖的工头所犯下的罪行，他定期在温格勒德市过夜，独自一人寻找投毒者。”

大块头的脸因兴奋而皱了起来。“嘿，亨尼斯，”他喊道，

“听上去好像是在说你嘛。”

但亨尼斯的双眼和双耳只盯着桌子对面的那个“幽灵”。他说道:“那是犯了什么罪呢？”

“罪行嘛，”太空游侠说，“就是快速飞出轨道，朝小行星带的方向进发。”

“怎么了？这么做目的是什么？”

“投毒者的最后通牒难道不是来自小行星带吗？”

“你是在指控我吗？指控我是食物中毒的幕后黑手？我否认。我要求你拿出证据来。换句话说，如果你觉得你还需要任何证据的话。或许，你以为你的伪装可以迫使我承认某个谎言。”

“在收到最后通牒的两天前，你在哪里？”

“我不会回答你的，我拒绝承认你有质问我的权利。”

“那就让我来回答你这个问题好了。这个投毒团伙就驻扎在小行星带上，那里至今还聚集着老海盗团伙的残部。而这个投毒团伙的首脑，就在这里，在马基安农场。”

马基安摇摇晃晃地站了起来，大张着嘴。

太空游侠伸出烟雾缭绕的手臂用力地挥了挥手，示意他坐下，然后继续说:“而你，亨尼斯，是中间人。”

亨尼斯如今确实摘掉了他的墨镜。他那圆润而肥硕的脸庞，衬着红通通的眼睛，形象完全被破坏了，他的脸看上去格外生硬。

他说："你让我感到厌烦，无论你是谁，太空游侠，抑或是任何你给你自己起的名字。据我所知，本次会议的目的是讨论打击投毒者的方式方法。如果要把它变成什么娱乐节目，让某个演员愚蠢地发起指控，那我就撤。"

银博士绕过大块头，伸手抓住了亨尼斯的手腕。"请留下来，亨尼斯。我希望听到更多这方面的信息。在没有充分的证据之前，没人能给你定罪。"

亨尼斯推开银博士的手，从椅子上站了起来。

大块头平静地说："我倒很想看你挨枪子儿呢，亨尼斯，你只要走出这扇门就会知道了。"

"大块头是对的。"银博士说，"外面有全副武装的人，我吩咐过他们了，没有我的命令，不许放任何人离开。"

亨尼斯的双拳握紧了又再松开。他说："对于这种非法程序，我将不再发表任何言论。你们都是证人，证明我是被武力拘留的。"他再次坐下来，双臂交叠抱在胸前。

太空游侠又开始说道："然而，亨尼斯不过是个中间人。他太坏了，以至于不会是真正的反派大 BOSS。"

本森有气无力地说："你说的话自相矛盾。"

"只是表面如此罢了。考虑到犯罪行为，你可以从犯罪嫌疑人所犯罪行的基础性质中，了解到很多关于他的事情。首先，相对而言，事实上迄今为止只有极少数人死亡。据推测，只要一开始大规模投毒，犯罪嫌疑人就可以更快地得到他们想要的东西，而不是像现在这样，在六个月的时间里仅仅是威胁，冒着被抓获的风险，却一无所获。这意味着什么？看来，这位领导者多多少少有点犹豫，要不要杀人。这当然不符合亨尼斯的个性。我已经从威廉姆斯那里获得了大部分信息，虽然他现在没跟我们在一起。从他那里我了解到，就在他抵达农场后，亨尼斯曾多次安排针对他的谋杀。”

亨尼斯忘了，他之前曾决定不再发言。他大声喊道:“撒谎！”

太空游侠毫不在意地继续说道:“所以说，亨尼斯对杀戮是不会感到丝毫内疚的。我们不得不另找一个性格温和的人。然而，究竟是什么，迫使一个本质温和的人，去杀死那些他从未见过，也从未伤害过他的人？毕竟，虽然地球人口中，只有极少部分被毒死了，但总体的死亡人数却有数百人。其中五十人是儿童。那么，大概是对财富和权力的强烈欲望战胜了他的温和。那种驱动力的背后是什么？或许，是充满挫败感的生活，驱使他对整个人类产生了一种病态的仇恨，他渴望向那些鄙视他的人类展示，其实他有多伟大。那么，我们在找的这个人，极有可能具有高度的自卑情结。我们能在哪里找到这样一个人？”

所有人都全神贯注地注视着太空游侠，每个人眼中都似乎燃烧了起来。甚至马基安的脸上也恢复了一丝敏锐。本森皱起眉头思索着，而大块头也忘了他那标志性的咧嘴笑。

太空游侠继续说：“最重要的线索是从威廉姆斯抵达农场之后出现的。他当即被怀疑是间谍。他那个关于妹妹中毒的故事，很容易被证明是伪造的。我说过，亨尼斯就是个彻头彻尾的杀人犯。而那位领导者，基于他温和的良心，会采取另一种方法。他试图化解危机，尝试跟威廉姆斯建立友谊，并且假装跟亨尼斯关系不好。

“让我们来总结一下吧。我们对投毒者的这位领袖了解多少？他是个有良知的人，似乎对威廉姆斯很友好，对亨尼斯则很不友好。他是个因为在生活中受到挫折，而产生了自卑情结的人，因为他与众不同，他不如普通人，他身材更小。”

行动快速展开。一张椅子被从桌边推到一边，一个人影迅速朝后退去，手里端着一把爆能枪。

本森站了起来，他嘶吼道：“天哪！大块头！”

银博士无助地喊道：“可是……可是……是我带他到这里来当保镖的，他有武器。”

有那么一会儿，大块头站在那里，爆能枪已经打开枪栓，做好了完全的准备，他那双小眼睛锐利地注视着场内每一个人。

# 16

# 解决方案

大块头坚定地大声说道："现在别急着下结论。听上去，太空游侠描述的好像是我，可他还没这么说呢。"

他们看着他，没人开口说话。

大块头突然把自己的爆能枪掉转方向，伸手抓住枪口，把枪扔到桌子上，一路朝太空游侠的方向甩过去，发出刺耳的刮擦声。"我说了，我不是那个人，我的武器已经交出来了，以此证明我说的是真的。"

太空游侠伸出烟雾缭绕的手指，抓住了那把枪。

"我也说，你不是那个人。"他说着，把爆能枪轻轻滑动着递回给大块头。

大块头一把抓住爆能枪，把它塞回到枪套里，又坐了下来。“现在，我想您可以继续往下说了，太空游侠。”

太空游侠说：“这听上去，或许可能是大块头，但还有很多原因决定了，为什么不可能是他。首先，大块头和亨尼斯之间的敌意，远在威廉姆斯出现之前很久，就已经存在了。”

银博士表示异议。“可是，你瞧，如果这位领导者是假装与亨尼斯决裂，那很可能并非仅仅是由于威廉姆斯的缘故。很可能，这是一个长期计划。”

太空游侠说：“你的观点很有说服力，银博士。然而，考虑到这一点——那个领导者，无论他是谁，都必须有能够完全控制这帮人的手段。他必须能够克服自己的脆弱，足以杀死一群可能是太阳系中最剽悍、最不怕死的亡命之徒。要做到这一点，他只有一个办法，那就是做好相应的安排，让他们无法在没有他的情况下继续推进。怎么弄？通过控制毒物的供应和投毒的方法。毫无疑问，这两样，大块头都做不到。”

“你怎么知道呢？”银博士追问道。

“因为大块头没受过训练，没能力开发和生产一种比已知任何毒素更致命的新毒药。他没有实验室，也没受过植物学和微生物学方面的训练。他甚至无法接触到温格勒德市的粮仓。然而，所有这些，都适用于本森。”

农艺师汗流浃背，提高了音量，弱弱地喊道：“你到底想干什么？试探我，就像你刚才试探大块头那样吗？”

“我没试探大块头。”太空游侠说，“我从未指控过他。但我要指控你，本森。你就是食物中毒黑帮团伙的首脑。”

“不，你疯了。”

“一点儿也不，非常清醒。威廉姆斯先是怀疑你，随后把他的怀疑告诉了我。”

“他没理由这样做，我对他完全坦白。”

“太坦白了。你错误地告诉他，你个人的观点是，在农产品上生长的火星细菌是毒素的来源。作为一个农艺师，你肯定知道那是不可能的。火星自然界中的生命体根本就不是基于蛋白质的，不可能以地球植物为食，就像我们不可能以岩石为食一样。因此，你是故意撒了一个谎，这就足以让人对你其余的一切产生怀疑。这让威廉姆斯好奇，或许，是你自己造出了火星细菌的提取物。而正是这提取物可能有毒。你不这么认为吗？”

本森疯狂地叫道：“但我又怎么可能有法子传播毒素呢？你说的根本没道理。”

“你可以接触到马基安农场发出的货物。而在头几次中毒事件之后，你就可以安排从城市粮仓里取样。你告诉威廉姆斯，你是如何小心翼翼地取样的，从不同的箱子里，从同一个箱子的不同层级里，分别取样。你告诉过他，你究竟如何使用你自己发明的那个鱼叉式工具。”

“但这又有什么问题呢？”

“问题大了。昨晚，我从亨尼斯那里拿到了钥匙。我用它们进入到农场穹顶里一个始终被锁住的地方——你的实验室。在那里，我找到了这个。”他举起那个小小的金属物，把它放在灯下。

银博士问道：“那是什么，太空游侠？”

“这是本森的取样器，就装在他用于检测食物的鱼叉末端。来了解一下它的工作原理吧。”

太空游侠调整了一端的一个小旋钮。“发射鱼叉，”他说，“打开这个安全锁。好！现在看着——”

空气中传来一阵微弱的嗡嗡声。五秒钟后就结束了，而取样器的前端张开了，就这样持续了约一秒，随后又闭合起来。

“这就是它的工作方法，”本森叫道，“我没有任何隐瞒！”

“是的，你确实没有。”太空游侠严肃地说，“为了威廉姆斯，你和亨尼斯已经吵了好几天了。你没勇气杀了他。最终，你带着鱼叉来到威廉姆斯的床边，想看看他见到鱼叉会不会感到惊讶，从而做出某些出卖他自己的举动。然而没有。可不管怎样，亨尼斯已经没法再等下去了。于是，祖吉斯被派过来杀死他。”

“让我来再次展示一下它的工作原理。但这次，银博士，请仔细观察取样器现在朝向你的那一面。”

银博士斜趴在桌子对面，仔细地观察着。大块头再次拔出爆能枪，注意力分别放在本森和亨尼斯之间。马基安站了起来，满脸通红。

取样器再次启动，前面的小口再次打开，而这一回，他们紧盯着被标示出来的中间面，一块银色的金属盖板也同样缩了回去，露出一个浅槽，里面是闪闪发光的黏胶。

“瞧，”太空游侠说，“你们可以看到发生了什么。本森每次取样的时候，总会有几粒小麦、几个水果、几片生菜叶子沾上这种无色的黏胶，而这就是从火星细菌中提取的毒素。这是一种简单的毒药，毫无疑问，不会受到之后食品加工的影响，最终会进入一片面包、一罐果酱、一盒婴儿食品之中。这是个聪明而残忍的诡计。”

本森用力捶在桌子上。“这全都是谎话，一个烂透了的谎言！”

“大块头，”太空游侠说，“把那家伙的嘴堵住。站在他旁边，别让他动。”

“说真的，”银博士抗议道，“你的确是在陈述案件，太空游侠，可你必须允许那个人为自己辩护。”

“没时间了，”太空游侠说，“证据很快就能拿到，这证据就连你也会感到满意的。”

大块头用他自己的手帕塞住了本森的嘴。本森挣扎起来，大块头举起爆能枪的枪托撞上了本森的头，发出重重一声响，本森于是坐在原地一动不动，汗流浃背。

“下一回，”大块头说，“会砸得更重，直接把你砸倒在地，或许会弄出个脑震荡什么的。”

太空游侠站起身来。

“刚才，我提到了一个自卑而复杂的人，而那时候，你们全都怀疑或者假装怀疑那个人就是大块头，因为他个子小。其实，说到小，很多时候指的不是个子。大块头以好战和敢于大声表达自己的观点来弥补他的矮小。因为这个，这里的人尊重他。然而，本森生活在火星上，生活在一群跟他格格不入的人中间，他发现自己被鄙视为‘学院派农民’，被视为懦夫而被忽略，被一群他认为是下属的人看不起。他只敢谋杀最懦弱的那种人，这种自卑心理是无法弥补的，这是另一种意义上的，更糟糕的渺小。

“然而，本森精神上有问题。要想让他招供是很困难的，或许完全不可能。可是，要想了解投毒者未来的一举一动，亨尼斯几乎可以作为同样的信息源。他能告诉我们，他那些各式各样的党羽，究竟藏在小行星带的什么位置。他能告诉我们，准备在今夜午时投放的大量毒药究竟储藏在什么地方。他能告诉我们很多事情。”

亨尼斯冷笑道:“我什么都不能告诉你，也什么都不会告诉你的。即使你现在马上开枪打死本森和我，事情也还是会完全按照原本设计好的程序进行，就跟我们都还活着一样。所以，你就照着最糟的去干吧。”

“那你能谈谈吗，”太空游侠说，“如果我们保证你个人的人身安全？”

“谁会相信你的保证？”亨尼斯说，“我会坚持我的故事。我是个无辜的人。杀了我们对你没好处。”

“你意识到了吗？如果你拒绝开口的话，数以百万计的男人、女人，甚至孩子，都有可能会死。”

亨尼斯耸了耸肩膀。

“非常好，”太空游侠说，“本森所发明的火星毒素，我曾听人说过它的功效。一旦进入胃部，吸收会很快，胸部肌肉的神经就会麻痹，受害者无法呼吸。这是一个非常痛苦的过程，会持续大约五分钟。当然，那是指毒素已然进入胃部之后。”

太空游侠一边说着，一边从口袋里掏出一个小玻璃球。他打开取样器，把它放在那黏糊糊的表面上滚动着，直到玻璃光泽被一层黏质涂层所覆盖。

“现在，”他说，“如果把毒素直接放在两唇之间，毒发的过程会略有不同。它会被吸收得更慢，毒效会发作得更明显。马基安。”他突然喊道，“那边那个男人背叛了你，利用你的农场，组织投毒，造成了农业联合会的崩溃。抓住他的胳膊，把他捆起来。”

太空游侠把一条束缚带扔在桌子上。

马基安带着被长期压抑的愤怒，大吼一声，扑到了亨尼斯身上。在那一刻，愤怒使他恢复了些许年轻时的气力，而亨尼斯则挣扎着做徒劳的抵抗。

当马基安走开的时候，亨尼斯已经被捆在椅子上了，他的双臂被痛苦地拉到背后，交叉绕在背上，两只手腕被紧紧地绑在一起。

马基安一边大口大口地喘着粗气，一边说：“等你说完以后，我会很高兴亲手收拾你。”

太空游侠现在绕着桌子转了一圈，慢慢朝亨尼斯走去，他伸出两个手指在身前，捏着涂满黏性物质的玻璃球。亨尼斯顿时缩了起来。而在桌子的另一端，本森疯狂地扭动身体，大块头狠狠踢了他几下，他也就不再动了。

太空游侠揪住亨尼斯的下嘴唇，把它拉开来，露出了他的牙齿。亨尼斯企图把头转开，但太空游侠的手指用力捏在一起，于是亨尼斯发出一声低沉的尖叫。

太空游侠把小球扔进嘴唇和牙齿之间的空隙里。

“我相信大概需要十分钟的时间，才能通过口腔黏膜吸收足够的毒素，才能在你身上看到明显的效果。”太空游侠说，

“如果你同意在那之前谈一谈，我们就把小球取出来，让你漱口。否则，毒素会慢慢生效。呼吸会逐渐变得越来越困难，越来越痛苦，最后，大约一个小时之内，你会死于非常缓慢的窒息。而即使你真的死了，对你们那伙人来说，也没半点好处，因为，这场演示是对本森极好的教训，我们会花点力气，继续从他嘴里挖出真相的。”

汗水顺着亨尼斯的鬓角流了下来。从他喉咙深处传出呼吸不畅的杂音。

太空游侠耐心地等待着。

亨尼斯大喊道:“我说！我说！把它拿出来！把它拿出来！”

从他扭曲的嘴唇中吐出了一连串字句，有些含混，但其意图很清楚，而恐惧写在他脸上的每根线条里，也已经足够明显了。

“好！您最好记着点笔记，银博士。”

三天之后，银博士才再次见到大卫·斯塔尔。在此期间，他几乎没睡过觉，他累了，但还没累到无法欣然问候大卫。在那段时间里，大块头一直没离开过银博士，而他的问候也同样热情洋溢。

“确实有效。”银博士说，“你肯定已经听说了。一切都出乎意料地顺利。”

“我知道，”大卫微笑着说，“太空游侠把所有的事情都告诉我了。”

“这么说，你后来见过他了？”

“就那么一小会儿。”

“那之后，他几乎立刻就消失了。我在我的报告里提到过他；当然了，我不得不提到他。但这确实让我觉得自己很傻。不过，无论如何，我这儿还有大块头和老马基安做人证。”

“还有我自己。”大卫说。

“是啊，那当然。嗯，全都结束了。我们找到了毒库，扫清了小行星带。将会有二十多个人面临终身监禁，而本森的研究工作实际上最终是有益的。单就实验方式而言，他对火星生命的实验算得上是一种革新。他曾经企图通过投毒的方式威胁地球屈服，而最终的结果，却可能是产生了一系列新的抗生素。这可怜的家伙，如果当初盯上的是科学界的显赫地位，他可能最终会成为一代伟人。这都要感谢亨尼斯，是他的供认阻止了罪行。”

大卫说：“那个供词是经过精心策划才得到的。太空游侠从前一天晚上开始，就已经在他身上下了不少功夫了。”

“哦，好吧，我怀疑，不会有任何一个人能经受得住亨尼斯当初所面临的中毒危机。事实上，如果亨尼斯真的是无辜的，又会发生什么？太空游侠可是抓住了一个大机会。”

“不尽然。其实，这事不牵涉什么中毒不中毒。本森很清楚。你以为本森会把他的取样器留在他的实验室里，上面还抹上毒药，以作为对自己不利的证据吗？你以为他会把毒药藏在有可能被意外发现的地方吗？”

“可小球上的毒药……”

“那只是简单的明胶，无色无味。要是本森，可能早就知道是怎么回事了。这就是为什么太空游侠根本没指望让他招供。这也是为什么要堵住他的嘴，其实是为了防止他发出警告。如果不是陷入盲目的恐慌，亨尼斯可能自己都能想明白。”

“哦，我会被扔到外太空去的。”银博士茫然地说。

他依旧揉着下巴，最后才终于找了个借口上床睡觉了。

大卫转向大块头。

“那么，你从今往后打算做什么，大块头？”

大块头说：“银博士给了我一份理事会的长期工作。但我认为我不会接受。”

“为什么不呢？”

“好吧，不瞒你说，斯塔尔先生。我有点想跟着你干，无论这之后你要去哪儿。”

“我只是要去地球。”大卫说。

他俩原本就是单独在一起的，然而，大块头在讲话前，依然小心翼翼地回头看了看。“我觉得，除了地球，你还有很多地方要去呢，太空游侠。”

“什么？”

“当然啦，你进来的时候身上满是光影和烟雾，我只看了一眼就知道是怎么回事了。这就是为什么，虽然当时你看上去像在指控我就是投毒者，可我压根儿没当真。”他咧着嘴大笑起来。

“你知道自己在说什么吗？”

“我肯定知道啊。我看不到你的脸，也看不到你的细节，但你穿着及膝的高筒靴，而你的身高和身材都完全相符。”

“巧合。”

“也许吧。我看不到这双高筒靴上的图案，但我大致也认出了一些，比如说，颜色。长这么大，我就没听说过有哪个农仔愿意穿最简单的黑白色，只有你这样。”

大卫·斯塔尔仰起头大笑起来：“你赢了。你真的想加入吗？”

“很荣幸能加入。”大块头说。

大卫伸出手来，两人握了握手。

“那么，就一起吧。”大卫说，“无论去哪儿。”